मेरी कथा

दलित यातना, संघर्ष और भविष्य

मेरी कथा

दलित यातना, संघर्ष और भविष्य

मार्टिन मेकवान

अनुवाद

रामनरेश सोनी

वाणी प्रकाशन

वाणी प्रकाशन

4695, 21-ए, दरियागंज, नयी दिल्ली 110 002

शाखा

अशोक राजपथ, पटना 800 004

फ़ोन: +91 11 23273167 फ़ैक्स: +91 11 23275710

www.vaniprakashan.in
vaniprakashan@gmail.com

MERI KATHA : DALIT YATANA, SANGHARSH AUR BHAVISHYA
by Martin Mekvan
Translated by Ramnaresh Soni

ISBN : 978-81-8143-567-5

Dalit Literature

प्रथम संस्करण : 2006
द्वितीय संस्करण : 2008
आवृत्ति 2013
मूल्य : ₹ 225

न्यू कृष्णा ऑफ़सेट, दिल्ली-110 093 में मुद्रित

वाणी प्रकाशन का लोगो मक़बूल फ़िदा हुसेन की कूची से

आभार स्वीकार

इस पुस्तक को तैयार करने में निम्नांकित महानुभावों का बहुमूल्य सहयोग प्राप्त हुआ है :

आणंद जिला

—खंभात : रमण एच. परमार, सोमाभाई वी.वणकर, दीपक डी. दोशियात, इला एस. परमार

—पेटलाद : रतिलाल एम. वाघेला, मणिभाई वी. सोलंकी, गौतम आर. वाघेला

—बोरसद : दीना एम. वणकर, परेश पी. परमार, चंद्रिका एम. ख्रस्ती

—आणंद : सरोज आर. मेकवान, पुष्पा वी.मेकवान, दीना आर. मकवाणा, मनु के. वाघेला

वडोदरा जिला

—पादरा : हंसा सी. मकवाणा, गोविन्द एस. परमार, नरेंद्र डी. परमार, कुसुम आई. वणकर

—करजण : विनु एन. रोहित, मूळजी के. मकवाणा, भीखा जे. सोलंकी, जगदीश जी. वसावा

—शिनोर : जगदीश एफ. परमार, रमेश के. वसावा, दिग्विजय डी. राणा

खेड़ा जिला

—ठासरा : मनु जे. रोहित, गीता एम. मकवाणा

—बालाशिनोर : अंबालाल पी. रोहित

—कपड़वंज : जगदीश पी. रोहित, अंबालाल डी. चौहाण, कनुभाई एन. चौहाण, रमीला एम. परमार, मिली पी. परमार, किरीट आर. मेकवान

—मेहमदाबाद : विनु आई. मकवाणा, नरेंद्र आर. वणकर, नीरू एस. क्रिश्चियन, ज्योत्स्ना एम. रोहित, प्रवीण डी. सोलंकी

—नडियाद : अशोक आई. राठौड़, मधु ए. वाघेला

—मातर : दक्षा के. परमार, विक्रम जे. सोलंकी

अहमदाबाद जिला

—धोळका : बलदेव एम. सोनारा, छगन आर. मकवाणा, सविता बी. परमार, जीतेंद्र पी. मकवाणा

—धंधुका : हरजी डी. अणजारा, रमीला एम. वाघेला, गीता एस. मकवाणा, भीमजी पी. सोनारा

—विरमगाम : ईश्वर एल. मकवाणा, नवघण एच. परमार, नटवर एम. सोलंकी, नवीन वी. वाघेला

—अहमदाबाद शहर : मधु एल. परमार, रमीला बी. परमार, दिव्यकान्त बी. परमार, प्रेमिला एल. परमार, प्रीति आर. परमार, मार्टिन सी. मेकवान, उर्विश कोठारी, पूर्वी गज्जर, नरेशभाई परमार, रश्मिकान्त जे. पड्या, मुकेश ए. परमार, पुनीत डी. राठौड़, चतुर एच. परमार, फरजीन एस. इलाविया, आशिष बी. त्रिवेदी, पायल एस. दलाल, भाईलाल पी. परमार, पीटर डी. मेकवान, शैलजा बालाकृष्णन, परसोत्तम एस. मकवाणा, दिनेश एल. परमार, सुरेश बी. वेगड़ा, तुलसीदास आर. पवार, कपिला बी. मकवाणा।

—साणंद : रतिलाल एम. वाणिया, बाबू एस. परमार, मंजुला आर. परमार, लक्ष्मण एल. मकवाणा, जयेश आर. परमार

भावनगर जिला

—वल्लभीपुर : सुरेश एस. जादव, प्रवीण ए. परमार, अरविंद डी. मकवाणा

—बोटाद : मालजी टी. सिंगल, विरजी डी. चावड़ा

अमरेली जिला

—लाठी : वगड़ा रामजी एम., अरविंद एम. धांधल, मंजुला वी. खुमाण

—अमरेली : रवजी डी. माधड़, कांति यू. परमार, कमला डी. सोलंकी, गौरी बी. राठौड़

—बाबरा : बाबू आर. जादव, धीरज एम. सोलंकी, हंसा पी. सोलंकी

राजकोट जिला

—जसदण : डाह्याभाई पी. दाफड़ा, जेराम एच. परमार, शांतु एस. गोहिल

सुरेंद्रनगर जिला

—चोटीला : दिनेश जे. सोलंकी, बाबू एल. सोलंकी, प्रवीण पी. चावड़ा

—सायला : दिनेश ए. चावड़ा, प्रवीण डी. सोलंकी

—लींबड़ी : नटु एल. परमार, मुकेश एन. श्रीमाळी, जागृति के. जादव, नटु जी. चौहाण, मनजी के. जादव

—बढवाण : जगदीश यू. जादव, दशरथ पी. सोलंकी, कैलाश के. परमार

—मुळी : कान्ता एल. परमार

—हळवद : लक्ष्मण वी. मकवाणा, कंचन एच. सिंधव

—ध्रांगध्रा : शैलेष डी. मकवाणा, धीरज पी. वोरा, मोहन वी. राठौड़

—पाटडी : नागर वी. मकवाणा, बलदेव के. सांबलिया, ललित एस. सोलंकी, जया बी. परमार

—लखतर : बलदेव एच. मकवाणा

पाटण जिला

—समी हरि वी. वणकर, शंकर यू. सोलंकी, रतिलाल आर. परमार, मंजुला आर. परमार, जयंति बी. सोलंकी

—राधनपुर : अमृत के. सेंधव

—हारीज : नरेंद्र एम. परमार, रमा आर. जादव

—चाणस्मा : मोहन पी. परमार, महेंद्र बी. मकवाणा

—सांतलपुर : मीठाभाई बी. वणकर

महेसाणा जिला

—बहुचराजी : जेसंग बी. परमार, कल्पेश एम. ओसाडिया

—कड़ी : लीला पी. परमार, शांता सी. सेनमा, प्रहलाद बी. परमार, भरत एस. परमार

गाँधीनगर

—कलोल : प्रवीण एम. परमार, गिरीश एस. मकवाणा, कमलेश एल. परमार, रंजन जी. परमार, रमीला वी. चौहाण

—दहेगाम : किरीट बी. राठौड़, रतिलाल एम. चौहाण, नरेश ए. परमार, मधु बी. वाघेला, भारती आई. राठौड़, वजु पी. परमार

अन्य साथी

श्री जोसेफ मेकवान, श्री नारणभाई राठौड़, श्री चंदु महेरिया, श्री हर्षदभाई देसाई, श्री अशोक भार्गव, डॉ. लता शाह, श्री मंजुला प्रदीप, श्री गगन शेठी।

आमुख

आई.आई.डी.एस. यानी इंडियन इंस्टीट्यूट फॉर दलित स्टडीज एक ऐसा संस्थान है जो गरीब दलित के लिए और उनसे जुड़े विभिन्न पक्षों पर अनुसंधान और सामग्री प्रकाशन का काम करता है। दलित समस्याओं को उभारने के साथ उनकी सुरक्षाओं से जुड़े अनुसंधानों, नीतियों और माध्यमों के साथ-साथ एन.जी.ओ. क्षेत्र को भी वह शामिल करता है। इन सर्वे रिपोर्टों और अपने विभिन्न कृति-कार्यों द्वारा दलित वर्गों के सकारात्मक विकास और न्याय को सुनिश्चित करता है। मार्टिन मेकवान की पुस्तक 'मेरी कथा' का प्रकाशन भी इस प्रयास की एक कड़ी है।

मार्टिन मेकवान मूलतः गुजरात प्रदेश के हैं परंतु अपने ज्ञान और समर्पण के कारण पूरे देश में अपना स्थान बना चुके हैं। वे डॉ. अंबेडकर के 'समानता, स्वतंत्रता और भाईचारा' संदेश के अनुयायी हैं। उन्होंने अपना पूरा जीवन इस लक्ष्य की प्राप्ति के लिए समर्पित कर दिया। वे दृढ़निश्चयी, मेधावी, संगठनकर्ता होने के साथ-साथ कर्मठ और समर्पित कार्यकर्ता भी हैं।

मार्टिन मेकवान नवसृजन नाम की एक संस्था चलाते हैं। उन्होंने जमीनी स्तर पर बरसों बरस काम किया। उन्होंने अनेक मुसीबतें, हमले और दुश्वारियाँ भी सहीं परंतु इससे वे लगातार मजबूत और अनुभव संपन्न हुए। इन्हीं रोज के अनुभवों का सार यह किताब 'मेरी कथा' है। यह मूल गुजराती में लिखी गई थी और व्यापक स्तर पर इसे सराहा गया था। अपने कथ्य और कहन में यह किताब बेजोड़ और अपूर्व है।

इस किताब के पैंतीस अध्याय इस तरह से लिखे और डिजाइन किए गए हैं कि पूरी किताब पढ़ने के बाद किसी तरह का शक-शुबहा नहीं बचता। वास्तव में हर अध्याय के अंत में पूछे गए प्रश्न इन्हीं शुबहाओं का माकूल इलाज हैं। यह किताब एन.जी.ओ. और समाज के लिए न केवल प्रासंगिक बल्कि अनिवार्य है। सामाजिक एक्टीविज्म के क्षेत्र में काम करने वाले दलित और गैर दलित कार्यकर्ताओं को यह किताब अम्बेडकरवादी चेतना से संपन्न करती है जो न्याय, समानता, स्वतंत्रता और गरिमा पर आधारित है।

आई.आई.डी.एस. ने इस किताब को छापने का फैसला इसकी इसी अनिवार्यता और उपयोगिता के मद्देनजर लिया है।

इस किताब के हिंदी अनुवाद के लिए श्री रामनरेश सोनी और पुनरीक्षण के लिए डॉ. अजय नावरिया का आभार प्रकट करता हूँ। डॉ. घनश्याम शाह का भूमिका लिखने के लिए आभार प्रकट करता हूँ। साथ ही, उन सभी का भी, जो इस पुस्तक-प्रकाशन से प्रत्यक्ष-अप्रत्यक्ष जुड़े रहे।

प्रो. सुखदेव थोरात
मैनेजिंग ट्रस्टी

भूमिका

मेरी कथा, विख्यात दलित मानवाधिकार कार्यकर्ता मार्टिन मेकवान ने भले लिखी हो, परंतु यह उन सबकी और उन सबके लिए है जिन्होंने इस भेदभाव को सहा है और सभी मनुष्यों के साथ समानता और स्वतंत्रता की आकांक्षा रखते हैं। यह किसी एक व्यक्ति की आत्मकथा अथवा अपने जीवनानुभवों का ब्यौरा नहीं है। निश्चित तौर पर यह समाज में समानता प्राप्त करने का परिप्रेक्ष्य है। यह किताब पैंतीस छोटे-छोटे अध्यायों में बाँटी गई है और बेहतरीन ढंग से लिखी गई है। समानता और स्वतंत्रता के लिए हमारी खोज के विभिन्न आयामों को ये अध्याय छूते हैं। हर अध्याय के अंत में कुछ प्रश्न हैं, जो पाठ के मुख्य बिंदुओं की पुनःस्मृति हैं। ये पाठक से खुद उसकी जगह जाँच करने के लिए कहते हैं कि वह कहाँ तक पहुँचा है। मैं, मार्टिन मेकवान को इस पुस्तक को लिखने के लिए शुभकामनाएँ देता हूँ। यह पुस्तक बहुत ही प्रभावी और विश्वासोत्पादक ढंग से लिखी गई है और एक ऐसे कार्य की हिमायत करती है जो हम सबको प्रेय है। उनकी बहुत सही धारणा है कि केवल समानता ही सच्ची, वास्तविक और आंतरिक प्रसन्नता लाती है।

पूँजीवादी वैश्वीकरण के समकालीन समय के परिप्रेक्ष्य में यह प्रासंगिक भी है, जहाँ समानता के सिद्धांत को 'आउटडेटेड' माना जा रहा है। वृद्धि ही इसका मंत्र है। वृद्धि का वितरण इसके एजेंडा में शामिल नहीं है। यह पूरी तरह से बाजार पर छोड़ दिया गया है। व्यक्तिगत स्वतंत्रता अलंघ्य है और समानता उपेक्षित है। पूँजीवादी व्यवस्था के प्रवक्ता समानता को विकास के लिए गैर-जरूरी और बाधा के रूप में व्याख्यायित करते हैं परंतु मार्टिन के लिए, स्वतंत्रता और समानता एक ही सिक्के के दो पहलू हैं। एक के बिना दूसरा अपूर्ण ही नहीं है बल्कि गैर-लोकतांत्रिक और निरंकुश भी है। कोई भी व्यक्ति, तब तक, सच्चे अर्थों में स्वतंत्र नहीं है, जब तक वहाँ समानता नहीं है। ऐसी स्वतंत्रता उन थोड़े से लोगों के लिए है जो सामाजिक और आर्थिक रूप से पहले ही समृद्ध हैं। समानता के बिना स्वतंत्रता

दूरगामी नहीं हो सकती। लेखक ने लिंग, जाति, वंश, वर्ग, धर्म और भाषायी समानता की हिमायत की है। जीवन के सभी पक्षों में वे समानता की माँग करते हैं।

धार्मिक विचारधारा असमानता और भेदभाव की जननी है। वह पदानुक्रम को वैधता प्रदान करती है। साथ-ही-साथ, हमारी सामाजिक-आर्थिक संरचना में प्रत्येक व्यक्ति को उसकी मेहनत के अनुरूप भुगतान भी नहीं मिलता है। संसाधन पारितोषिक और शोषण के असमान वितरण से असमानता चिरस्थायी बनी रहती है। इस पुस्तक का महत्त्वपूर्ण संदेश यह है कि समानता का संघर्ष खुद से शुरू होना चाहिए। अगर मैं दूसरों से समानता चाहता हूँ तो मैं दूसरों से समानता बरतूँ। अगर मैं अपने नीचे कुछ लोगों को चाहता हूँ परंतु उनसे बराबरी की माँग करता हूँ जो खुद को मुझसे ऊँचा मानते हैं, तब यह समानता की खोज भ्रामक है। मेरी समानता की खोज कपटपूर्ण और पाखंडी है।

इस परिप्रेक्ष्य में, प्रतिशोध के लिए कोई जगह नहीं है। प्रतिशोध कर्ताओं को प्रतिस्थापित कर देता है परंतु असमानता के ढाँचे को चिरस्थायी बनाता है। हम अपने अधिकारों, समानता और गरिमा के लिए लड़ें और कामना करें कि सभी मनुष्य बराबर हों। डॉ. अंबेडकर ने कहा था कि, 'मेरा आदर्श समाज स्वतंत्रता, समानता और भ्रातृत्व पर टिका है।' यह दलित आंदोलन का मूलाधार है। अगर हम समानता के लिए तैयार हैं तो हम इसके लिए संघर्ष करें। हम अपनी विचारधारा और आपसी व्यवहार में इसे लाएँ और उन ताकतों के खिलाफ खड़े हो जाएँ जो असमानता में विश्वास करती हैं। तभी हम इसे पा सकते हैं या पा सकेंगे। यह संघर्ष अपनी ही परिधि से शुरू होगा, चाहे वह व्यक्ति स्तर पर हो, परिवार, जाति या समुदाय के स्तर पर।

यह किताब उन सभी के लिए उपयोगी है जो वैयक्तिक या सामूहिक रूप से मानव मुक्ति, समतावाद और न्यायपूर्ण सामाजिक व्यवस्था के आदर्श से प्रेम करते हैं। मुझे उम्मीद है कि यह किताब महत्त्वपूर्ण निर्देशिका और जासूसी का काम करेगी क्योंकि सामाजिक कार्यकर्ताओं के लिए यह रोजमर्रा के दृष्टांतों पर आधारित है। यह किताब गुजरात के दलित आंदोलन में व्यापकता से पढ़ी और बरती गई है। मुझे यह जानकर खुशी हुई कि यह अब हिंदी में प्रकाशित हो रही है। मेरी उन सभी को शुभकामनाएँ, जो 'मेरी कथा' के हिंदी अनुवाद को लाने में संलग्न रहे।

13 मार्च 2006 **घनश्याम शाह**

(डॉ. अजय नावरिया द्वारा भूमिका का अंग्रेजी से हिंदी अनुवाद)

अनुक्रम

1

प्रकृति का सृजन और मनुष्य की रचना

ऐसा क्यों?

धान के पौधों से धान पैदा होता है और गेहूँ के दानों से गेहूँ ही होता है लेकिन मनुष्य से मनुष्य पैदा होने की बजाय ठाकुर, किसान, बनिया, दलित या आदिवासी पैदा होते हैं, ऐसा क्यों? ऐसा इसलिए होता है क्योंकि धान की फसल प्राकृतिक है। आप लाख प्रयत्न करें तब भी धान के बीज से गेहूँ पैदा नहीं कर सकते। जो प्राकृतिक है, उसका नियन्त्रण प्रकृति के पास है।

प्रकृति ने मनुष्यों को जात-पाँत में अलग-अलग नहीं बाँटा। जात-पाँत के भेदभाव मनुष्य ने पैदा किए हैं। जिसे मनुष्य ने पैदा किया है उसका नियंत्रण प्रकृति के पास नहीं।

ऊँच-नीच का भेदभाव 3000 वर्षों के बाद भी टिका हुआ क्यों है?

अगर यह सच है तो जात-पाँत और ऊँच-नीच का भेदभाव 3000 वर्षों के बाद भी टिका हुआ क्यों है? यह प्रश्न हर दलित संतान को उसके माता-पिता और समाज से उत्तराधिकार में मिलता है। जब से मुझे समझ आई है, तब से यह प्रश्न मुझे चैन से नहीं बैठने देता।

दलित की जिंदगी का ध्येय क्या हो?

ऊँच-नीच के भेदभाव और उसके द्वारा पैदा की गई गुलामी से मुक्ति हासिल करने के अलावा दलित जीवन का कोई दूसरा ध्येय हो ही नहीं सकता। इस गुलामी को समूल उखाड़ फेंकना ही दलित आंदोलन का सामूहिक तथा बुनियादी संघर्ष है।

सिर्फ बोलने-लिखने से क्या गुलामी मिट जाएगी?

लेकिन क्या बोल देने या लिख देने से मुक्ति मिल जाएगी? सिंह भले ही जंगल का राजा हो, लेकिन अपने आप तो हिरण उसके मुँह में आकर नहीं गिरता।

हम जानते हैं कि 3000 वर्षों के संघर्ष के बावजूद इस समस्या ने हमें अपने में लपेट रखा है।

क्या ऊँच-नीच का भेदभाव समाप्त कर पाना संभव है?

जिस क्षण से हम यह मान लेते हैं कि जात-पाँत और ऊँच-नीच के भेदभाव को पूरी तरह से समाप्त कर पाना संभव है, उसी क्षण से उस भेदभाव को समाप्त कर देने के संघर्ष की शुरुआत हो जाती है। डॉ. अंबेडकर की स्मृति से संघर्ष शुरू करना अच्छी बात है, पर यह ध्यान में रखना बहुत जरूरी है कि वह सिर्फ विधि न बन जाए।

तुम्हें आजादी चाहिए या गुलामी?

मूल प्रश्न हमारे सामने चुनाव का है। प्रत्येक दलित व्यक्ति को गुलामी और आजादी में से एक को चुनना है। यह चुनाव तभी सही सार्थक कहा जाता है जब यह जीवन को बदल डाले। जब मैं आजाद होना चाहता हूँ तो जाहिर है, मैं गुलाम नहीं रह जाता।

3000 वर्षों से यह भेदभाव चला आ रहा है तो उसका मूल कारण यह है कि जात-पाँत के आधार पर मनुष्य द्वारा मनुष्य-मनुष्य के बीच उत्पन्न किए गए भेदभाव को मनुष्य की बनावट के रूप में समझने के बजाय उस भेदभाव को हम प्राकृतिक देन समझ लेते हैं। हम गेहूँ का दाना जमीन में बो कर रोटी उत्पन्न नहीं कर सकते, क्योंकि गेहूँ की फसल प्रकृति की देन है, जबकि गेहूँ से रोटी बनाना मनुष्य की देन है।

इसलिए जो लोग यह मानते थे कि ऊँच-नीच का भेदभाव कुदरत की देन है, उनसे संत कबीर पूछते थे—

'तू बामन-बामनी जाया, आन मार्ग क्यों नहीं आया?' (अर्थात् अगर तू जन्म से ब्राह्मण है तो अपनी माँ के पेट की बजाय अन्य मार्ग से बाहर क्यों नहीं आया?)

आजादी का संघर्ष जीतने के लिए क्या करना पड़ेगा?

यदि हमें संघर्ष जीतना है तो सर्व प्रथम दूध और पानी को अलग करना होगा। प्राकृतिक सृजन और मनुष्य के सृजन को अलग करना पड़ेगा।

हाँ, हम सब कहते हैं कि ऊँच नीच के भेदभाव को जड़ मूल से उखाड़ फेंक देना चाहिए। इस काम की शुरुआत हमें स्वयं अपने से ही करनी होगी। ऐसा करना है तो आज मुझे इन पाँच सवालों का उत्तर देना होगा—

— क्या इस भेदभाव को समूल उखाड़ फेंकने की मेरी इच्छा है?

...हाँ/ना

— क्या मैं यह मानता हूँ कि इस भेदभाव को मिटाना मेरे हाथ की बात है?

...हाँ/ना

– क्या मैं यह मानता हूँ कि ऊँच-नीच के भेदभाव प्रकृति ने उत्पन्न नहीं किए? ...हाँ/ना

– क्या मैं ऐसा मानता हूँ कि ऊँच-नीच के भेदभाव मेरे जैसे आदमी ने ही पैदा किए हैं? ...हाँ/ना

– कोई यदि मुझे कहे कि ऊँच-नीच की व्यवस्था भगवान ने या प्रकृति ने रची है तो क्या मैं उस बात को हँसकर टाल देने को तैयार हूँ? ...हाँ/ना

यदि उपयुक्त पाँचों प्रश्नों का उत्तर 'हाँ' हो तो मान लें कि मेरे लिए तो आज से ही ऊँच-नीच का भेदभाव समाप्त हो गया और मैं आजाद हो गया। मैं आजाद हो गया अर्थात् सच्चा दलित कहलाने का अधिकारी बन गया।

यदि पाँचों प्रश्नों का उत्तर 'ना' हो तो मान लें कि मेरे लिए मृत्युपर्यंत ऊँच-नीच का भेदभाव चालू रहेगा। मैं गुलाम ही मरूँगा। जब तक मेरा उत्तर 'ना' में आएगा, तब तक मैं दलित नहीं बन सकूँगा।

यदि मेरा उत्तर 'हाँ' और 'ना' दोनों होगा तो मान लें कि इस भेदभाव को मिटाने में मेरा मन ढुलमुल है। मैं जीवन भर भेदभाव के विरुद्ध लड़ने की बातें अवश्य करता रहूँगा, पर मेरी लड़ाई फटे हुए दूध जैसी होगी।

2

समान होता है वही मनुष्य कहलाता है

मैं स्वयं को गुलाम क्यों समझता हूँ?

हमें किसी ने जंजीर से नहीं बाँधा तो हम स्वयं को गुलाम क्यों समझते हैं? हम मनुष्य के रूप में जन्मे हैं, तब भला स्वयं को गुलाम क्यों समझते हैं? प्रकृति ने मनुष्य पैदा किया है और मनुष्य ने गुलाम पैदा किए हैं।

गुलामी किसमें से पैदा होती है?

जब गुलामी को प्रकृति ने पैदा ही नहीं किया, तो फिर गुलामी किसमें से पैदा होती है? कोई हमसे पूछे कि 'तुम कौन हो?' तो हम क्या उत्तर देते हैं? उत्तर देते समय क्या दिल धकधक नहीं करता? कभी ऐसा प्रश्न पूछे जाने पर क्या गुस्सा नहीं आता? क्या हम नहीं मानते कि हम कुछ लोगों से भिन्न हैं?

गुलामी हमारी अपनी मान्यता में से पैदा होती है। हम स्वयं को 'नीचा' या 'ऊँचा' नहीं मानेंगे, तभी हम गुलाम के बजाय मनुष्य बन सकेंगे।

मैं स्वयं को मनुष्य मानता हूँ?

दलित आंदोलन में जो भी जुड़ता है, उसको अपने आप से यह प्रश्न पूछना पड़ेगा कि क्या मैं स्वयं को सचमुच मनुष्य मानता हूँ? यदि मैं स्वयं को सच्चे अर्थ में मनुष्य मानता हूँ, तब फिर असमान या दूसरे से भिन्न होने का तो प्रश्न ही खड़ा नहीं होता।

गुलाम याने कौन?

जो भी स्वयं को दूसरे मनुष्य से 'ऊँचा' या 'नीचा' मानते हैं वे सभी व्यक्ति गुलाम हैं, मनुष्य तो नहीं, हर्गिज नहीं। क्योंकि जो समान होता है, वही मनुष्य कहलाता है।

मनुष्य कब बनता है?

मैं दूसरों के कहने से कभी मनुष्य नहीं बन सकता। दूसरों के कहने से

मैं सिर्फ 'ऊँचा' या 'नीचा' बन सकता हूँ, क्योंकि मनुष्य प्रकृति की उपज हैं। जो प्राकृतिक है, वही सत्य है।

कुछ लोगों ने अनेक वर्षों से रात-दिन नगाड़े बजा-बजा कर एक ही गीत गाया है कि ऊँच-नीच का भेदभाव जात-पाँत के आधार पर प्रकृति ने ही खड़ा किया है। जिनके जैसे कर्म थे, उन्हें वैसा ही जन्म मिला है। अगर हम इसी गीत की धुन गाते रहेंगे तो गुलाम बन जाएँगे। लेकिन यदि मैं इस गीत को बकवास और झांसापट्टी मान लूँ तो मैं सदा के लिए 'मनुष्य' ही बना रहता हूँ।

मैं 'मनुष्य' के रूप में अपनी पहचान कराने मात्र से ही मनुष्य नहीं बन जाता। मेरी मान्यता, मेरे आचार-विचार और भाषा में मनुष्यता झलकनी चाहिए।

यदि मैं छठी पूजता हूँ, विधाता के लेख मानता हूँ, किसी को अपने से ऊँचा या नीचा मानता हूँ तो मैं 'मनुष्य' नहीं बन सकता। मैं कहता रहूँ कि 'सारे मनुष्य समान हैं', पर मैं राम पात्र में चाय पीता-पिलाता हूँ, दूसरों को तुम्हें न छूने दूँ और मैं दूसरों से छुआछूत रखूँ तो फिर यही साबित होता है कि मैं सच्चे अर्थ में स्वयं को 'मनुष्य' नहीं मानता।

समानता के लिए लड़ाई कहाँ से शुरू होती है?

भेदभाव स्वयं मुझसे ही शुरू होता है। जिस क्षण से मैं स्वयं को 'मनुष्य' नहीं मानता, उसी क्षण से मेरे लिए असमानता और भेदभाव का चलन शुरू हो जाता है। अतएव समानता के लिए लड़ाई या जात-पाँत के आधार पर मनुष्य-मनुष्य के बीच निर्मित भेदभाव के विरुद्ध लड़ाई स्वयं मुझसे ही शुरू हो सकती है।

असमानता के विरुद्ध क्यों लड़ना है?

हम असमानता या भेदभाव के खिलाफ क्यों लड़ना चाहते हैं? क्या असमानता और भेदभाव 'प्राकृतिक' व 'सत्य' है इसलिए या फिर असमानता व भेदभाव 'बनावटी' व 'असत्य' है इसलिए? यह बात समझना जरूरी है कि जो 'प्राकृतिक' व 'सत्य' है, उसको हराया नहीं जा सकता। अर्थात् हम असमानता व भेदभाव को उचित, प्राकृतिक या सत्य मान लेंगे तो असमानता और भेदभाव के विरुद्ध कभी लड़ नहीं पाएँगे।

मेरे समक्ष 'सत्य' पड़ा हो पर जब तक मैं उसे 'सत्य' नहीं मानूँगा, तब तक वह सत्य नहीं बन पाएगा। जब मैं यह मानकर चलता हूँ कि मैं समान हूँ, किसी से ऊँचा या नीचा नहीं, तभी मैं कह सकूँगा कि सभी मनुष्य एक समान हैं, बराबर हैं।

अतः समानता और भेदभाव के विरुद्ध लड़ाई का दूसरा कदम उठाने के लिए मुझे स्वयं से पूछना पड़ता है कि–

– क्या मैं स्वयं को मनुष्य मानता हूँ? ...हाँ/ना

गुलाम घर	मनुष्य घर
—मैं स्वयं को किसी से ऊँचा मानता हूँ।	—मैं किसी व्यक्ति को अपने से 'ऊँचा' नहीं मानता।
—मैं स्वयं को दूसरों से 'नीचा' मानता हूँ।	—मैं किसी भी व्यक्ति को अपने से 'नीचा' नहीं मानता।
—मैं मानता हूँ कि मनुष्य को 'ऊँचा' या 'नीचा' प्रकृति ने बनाया है और यह सत्य है।	—जो स्वयं को 'ऊँचा' या 'नीचा' मानता है, मैं उन्हें गुलाम समझता हूँ। भले ही फिर वे मेरे माँ-बाप, भाई-बहन, मित्र या सगे-संबंधी क्यों न हों।
—मैं स्त्री को पुरुष से निम्न मानता हूँ।	—मैं स्त्री और पुरुष को समान मानता हूँ।
—मैं विधाता के लेख में विश्वास करता हूँ।	—मैं विधाता के लेख को नहीं मानता।
—मैं अलग बर्तन या रामपात्र में खाता-पीता हूँ और दूसरों को भी खिलाता-पिलाता हूँ।	—मैं 'अलग' बर्तन में न खाता-पीता हूँ, और न किसी को खिलाता-पिलाता हूँ।
—कोई मुझसे छुआछूत करे और मैं किसी से छुआछूत करूँ तो इसमें मुझे कुछ बुरा नहीं लगता।	—मैं किसी से छुआछूत नहीं करता। कोई यदि मुझसे छुआछूत करता है तो मैं उसे मनुष्य ही नहीं मानता।
—'ऊँची' जाति वाले सभी लोगों को मान से बुलाना पड़ता है फिर भले ही उनका छोटा बेटा मेरे माता-पिता को तूकारा देकर बुलाता हो।	—मैं सभी को मान पूर्वक और नाम लेकर बुलाता हूँ और यह सुनिश्चित करता हूँ कि मुझे भी उसी मान से बुलाया जाए।

मुझे ही यह चुनना है कि मुझे किस घर में रहना है।

3

घना बरगद का पेड़ : लड़ाई शुरू होती है मुझसे, लेकिन बन जाती है 'सबकी'

बरगद के पेड़ जैसी लड़ाई :

असमानता, जात-पाँत और ऊँच-नीच के भेदभाव के विरुद्ध लड़ाई का स्वरूप और उसका रूप-रंग बरगद के पेड़ जैसा है। बरगद के एक बड़बट्टे से जिस तरह वट वृक्ष जन्म लेता है, उसी तरह मेरे अपने हृदय और मन में असमानता और स्वाभिमान का वृक्ष उगता है जैसे-जैसे बरगद बड़ा होता जाता है, वैसे-वैसे उससे जटाएँ फूटनी शुरू होती हैं। उसी भाँति जब मैं समानता के मूल्य को स्वीकार करता हूँ, तो उसका प्रभाव मेरे परिवार और मेरे साथ जुड़े सभी लोगों पर पड़ता है।

मेरा मूल्य बदलने के साथ-साथ मेरे विचार और मेरा आचरण बदल जाता है। इसका प्रभाव मेरे साथ जुड़े सभी व्यक्तियों के साथ संबंधों पर पड़ता है। बरगद की जटाओं की भाँति 'समानता' के मूल्य में जो सत्य निहित है, उससे अधिक से अधिक लोग आकर्षित होते हैं।

एक समय जटाएँ जमीन में उतर कर अपनी जड़ें डाल देती हैं, तब यह निर्णय कर पाना 'असंभव' हो जाता है कि कौनसा पेड़ है और कौनसी जटाएँ हैं। क्योंकि वृक्ष के तने और जटाओं में शक्ति, सौंदर्य व आकर्षण एक समान होता है।

अतः लड़ाई भले ही मुझसे शुरू हो, पर वह सिर्फ मेरे कंधों पर ही चिपकी नहीं रह जाती। अगर वह मेरे कंधे से ही चिपकी रहे तो मेरे साथ उसकी भी मृत्यु हो जाती है। सच्ची लड़ाई में मैं खो जाता हूँ, क्योंकि जमीन में जड़ें डाल देने वाली जटाओं की तरह इस लड़ाई में शामिल सभी लोगों के हृदय और मन में लड़ाई, आक्रोश व समानता का मूल्य एक समान देखा जा सकता है।

किसके लहू में असमानता का ज़हर है?

जो भी व्यक्ति असमानता में विश्वास करता है, उसकी जाति व धर्म अलग नहीं होते। फिर भले ही वह अलग-अलग वेश धारण करे या रंग-रूप बदले। उसके लहू में मात्र असमानता का ज़हर बहा करता है। ठाकुर के घर में रामपात्र में चाय पीने वाला 'बुनकर' या 'रोहित' वाल्मीकि को रामपात्र में चाय पिलाता है तो भले ही प्रत्यक्ष रूप से वे ठाकुर, बुनकर या रोहित अलग दिखाई दें, पर उनके लहू में असमानता का ज़हर एक जैसा ही रहता है।

जो पुरुष स्त्री को अपने से निम्न मानता है, उसके लहू में उसी असमानता का ज़हर बहता है, जो एक मनुष्य किसी दूसरे को स्वयं से ऊँचा या नीचा मानने वाले में मौजूद रहता है।

जिस तरह भौंकने से लोमड़ी, कुत्ता नहीं बन सकती, उसी तरह अलग वेश धारण करने से असत्य सत्य नहीं बन सकता। असत्य के पौधे से मैं सत्य की कलम नहीं लगा सकता, क्योंकि सत्य प्राकृतिक है और असत्य बनावटी है।

घेर-घुमेर बरगद हमें सुंदर इसलिए लगता है कि उसके मूल में जो बीज था वह जमीन के अंदर दब गया है और उसमें से विशाल बरगद उगा है। अगर वह बीज अपने जीवित रहने की ही चिंता करे तो क्या उसमें से घेर-घुमेर बरगद बन पाना संभव है? बीज महान है, पर सघन वटवृक्ष बनाने के लिए उसे मरना, जमीन में दबना या विस्मृत हो जाना जरूरी है।

बड़ के बीज में से सघन वटवृक्ष बन सकता है, बाजरे के दानों में से हजारों बाजरे के दानों वाले सिट्टे बन सकते हैं, लेकिन सच्चाई यह है कि बड़ का बीज वटवृक्ष नहीं है और बाजरी का दाना सिट्टा नहीं है।

मैं सत्य को अवश्य स्वीकार कर सकता हूँ। मैं सत्य की मान्यता को अवश्य बढ़ा सकता हूँ, परंतु मैं सत्य का स्थान नहीं ले सकता। मैं स्वयं को सत्य समझने लगता हूँ तो इसका यह अर्थ हुआ कि मैं सुंदर वटवृक्ष उत्पन्न होने देने के लिए जमीन में दबने, मर-मिटने या विस्मृत हो जाने के लिए तैयार नहीं।

समानता के लिए की जाने वाली लड़ाई भी बरगद के बड़बट्टे की जिंदगी जैसी ही है। समानता की लड़ाई मेरे मरने के बाद भी चालू रहे, यह मेरे हृदय की यदि सच्ची इच्छा हो तो मुझे अपनी छोटी-सी दुनिया को भूल जाना होगा। अगर मैं अपनी छोटी-सी दुनिया को नहीं भूलना चाहता तो मेरे साथ मेरी शुरू की हुई लड़ाई भी मर जाएगी।

मेरी मौत निश्चित है, पर सत्य कभी नहीं मरता। अतः जब मैं ऐसा कहता हूँ कि असमानता और भेदभाव के विरुद्ध लड़ने के लिए दलित आंदोलन में जुड़ने

के लिए मैं तैयार हूँ तब मुझे तीसरा कदम उठाने और आगे बढ़ने के लिए स्वयं से यह प्रश्न पूछना होगा–

क्या मैं सत्य और समानता की लड़ाई को फैलाने के लिए वटवृक्ष के बीज की भाँति लड़ाई के मूल में दबने, मर-मिटने और विस्मृति के गर्त में गिरने के लिए तैयार हूँ? ...हाँ/ना

मेरा उत्तर 'हाँ' में आने के साथ ही बड़बट्टे में से बरगद के पेड़ का अंकुर फूटेगा।

4

दीमक का खार : धर्म परिवर्तन और सत्य परिवर्तन

क्या दीमक को नष्ट करना है?

जीवन में कमाई करके मैंने सुंदर घर बनाया है। नक्काशीदार दरवाज़े बनाए हैं। दीवारों पर शानदार रंग किया है। गोबर लिपा आँगन खोद कर सुंदर टालियाँ जड़ी हैं। पर अभी घर बनाए दो बरस भी नहीं हुए कि दीमक लग गई। दरवाजे अंदर से खोखले होकर खड़खड़ करने लगे हैं। दीवारें दीमक के बिलों की वजह से बोदी-पुरानी लगने लगी हैं। दवा डाली। लगा कि दीमक खत्म हो गई, पर वे अब दूसरे कोने से निकलने लग गई है। दीमक को नष्ट करने की क्या कोई दवा बताएँगे।

पहले मुझको अंत्यज, ढेढ, भंगी, चमार कहा जाता था, जिससे गुस्सा आता था। गाँधीजी ने मुझे 'हरिजन' शब्द दिया, लेकिन हृदय को शीतलता नहीं मिली। संविधान ने मुझे 'अनुसूचित जाति' जैसा भारी भरकम नाम दिया, लेकिन तब भी मुझे मेरा सम्मान नहीं मिला। मेरे समाज के अधिकांश लोगों को तो इस नाम की कोई समझ ही नहीं है। अब मैं स्वयं को 'दलित' कहता हूँ, पर जहाँ मैं रहता हूं, उसे पूरा गांव 'ढेढवाडा' कहता है। अपना सम्मान खोजने के लिए मैंने जाति-अटक बदल कर देखा। दूसरे लोग मुझे स्वीकारें, अपने जैसा समझें, इसके लिए मैंने भाषा बदल कर देखी। मैं अपने समाज के शेष लोगों की भाँति निम्न न समझा जाऊँ, इसके लिए मैंने अपने सगों-संबंधियों से रिश्ता ही समाप्त कर दिया। लेकिन अब भी मुझे कुछ कमी लगती है। धर्म मेरी दुर्दशा का मूल है, ऐसा समझते हुए मैंने धर्म बदल डाला। इससे मेरा गुस्सा बढ़ा पर संतोष व सम्मान नहीं मिल पाया। क्या कोई मुझे मेरा गौरव प्रदान करेगा?

दीमक को रोका जरूर जा सकता है, पर उसे नष्ट नहीं किया जा सकता। दीमक को बढ़ने से रोकने के लिए उस पर नजर रखनी पड़ती है, ताकि वह फैलने न पाए।

मेरे मन में ज़ो गलत विचार पैदा होते हैं। उनको मैं रोक नहीं सकता, पर उन विचारों में मैं बह न जाऊँ, ऐसी रोक मैं अपने आप पर अवश्य लगा सकता हूँ।

असमानता और भेदभाव मेरे अंदर मौजूद हैं।

नाम, वेश, घर, जाति, भाषा या धर्म बदल देने से असमानता और भेदभाव को नष्ट नहीं किया जा सकता। क्योंकि भेदभाव मेरे अंदर, मेरी मान्यता में है। यदि नाम, भाषा, पोशाक बदल देने से भेदभाव नष्ट हो सकते तो क्या वे 3000 वर्षों के बाद आज भी जारी रहते?

अंबेडकर ने धर्म परिवर्तन किया। क्योंकि हिंदू धर्म को मानने वाले लोग हिंदू धर्म की बुनियाद में ऊँच-नीच की व्यवस्था को प्राकृतिक, सत्य और भगवान की देन के रूप में शामिल करते थे। महत्त्व की बात यह है कि मात्र धर्म बदलकर अंबेडकर ने संतोष प्राप्त नहीं किया। सच्चा धर्म किसे कहा जाना चाहिए उसकी भी उन्होंने खोज शुरू की।

जब हम धर्म परिवर्तन की बात करते हैं तब क्या बदलने की बात करते हैं? क्या हम एक भी धर्म ऐसा बता सकते हैं जिसके दिखाने के और खाने के दाँत अलग नहीं होते? अमेरिका में काले लोग ईसाई धर्म मानते थे, पर उनके चर्च गोरे ईसाइयों से अलग थे। जापान में लगभग सभी बौद्ध धर्म का पालन करते हैं, लेकिन वहाँ हमारे जैसी ही दशा भोगने वाले बुराकुमीन लोगों की स्थिति में कोई फर्क नहीं पड़ा है।

धर्म का क्या अर्थ है?

धर्म हमारे भीतर है या बाहर? धर्म का क्या अर्थ है? मंदिर, मस्जिद, गिरजा, गुरुद्वारा या माताजी का थान आदि मनुष्य के द्वारा बनाए हुए हैं, प्राकृतिक नहीं। अतः इनका नियंत्रण मनुष्य के पास है। प्रत्येक दलित मोहल्ले में उनके धार्मिक स्थान हैं? क्या इनसे भेदभाव के विरुद्ध राहत मिल पाती है? धार्मिक स्थल दीमक के जैसे होते हैं, जो हमारे भीतर विद्यमान सच्चे मूल्यों एवं सत्य पर अपना खार चढ़ाते हैं।

सच्चा धर्म अर्थात् संसार के सभी मनुष्यों को बिना भेदभाव किए, एक ही लकड़ी से हाँकने की शक्ति। धर्म अर्थात् सत्य के बीज में से उगा हुआ पौधा। भेदभाव के अँधेरे कमरे में जो मनुष्य-मनुष्य की समानता का दीपक जलाए, वही धर्म है, बाकी सब अधर्म है। सत्य मेरे सामने होता है उसे मुझे स्वीकार करना पड़ता है। धर्म स्थान सिर्फ धर्म के नाम पर खड़ी की गई संस्थाएँ हैं, जिनका उपयोग करके कुछ लोग अपनी सामाजिक, आर्थिक व राजनीतिक सत्ता स्थापित करते हैं।

धर्म परिवर्तन अथवा सत्य परिवर्तन?

मुझे धर्म परिवर्तन करने को नहीं वरन् असत्य में से सत्य परिवर्तन करने की जरूरत हैं। मैं स्वप्न को मनुष्य समझूँ, उसमें से ही जिस संतोष-शांति, चैन, सम्मान को मैं वर्षों से ढूँढ़ रहा हूँ, वह मिल जाता है। यह जरूरी है कि मेरा संतोष व शांति मेरे नियंत्रण में हो।

मैं असमानता का नाश नहीं कर सकता। मैं असमानता का पोषण करने वाले धर्म स्थानों की वृद्धि को नहीं रोक सकता। पर मैं समानता की बुनियाद को मूल्य के रूप में स्वीकार करके असमानता के खार को अवश्य रोक सकता हूँ। मैं सत्य के आधार पर अपना सच्चा धर्म खोज कर असमानता को ढक देने वाले धर्म स्थानों पर अवश्य खार लगा सकता हूँ। कारण यह है कि अंत में सत्य विजयी होता है। वह इसलिए नहीं कि मुझे वह मिला है वरन् इसलिए कि वह प्राकृतिक है और अमर है।

साधारणतया समाज में जो धर्म के रूप में पहचाना जाता है, वह सुंदर पुष्प अवश्य है, लेकिन वह प्लास्टिक का है। वह टूटता नहीं और सदैव ताजा लगता है। सत्य के आधार पर मेरे द्वारा अपनाया हुआ धर्म सच्चे फूल के जैसा है। रोजाना इसकी पंखुड़ियाँ टूट जाती हैं, मुड़ जाती हैं, कभी यह कुम्हला जाता है, पर यह पौधा नए फूल उत्पन्न करता ही रहता है।

मुझे प्लास्टिक के फूल और प्राकृतिक फूल में से चुनाव करना है।

दलित आंदोलन में चौथा कदम उठाते समय मुझे स्वयं से यही प्रश्न पूछना है कि–

– क्या मुझे धर्म परिवर्तन करना है? ...हाँ/ना

– क्या मुझे सत्य परिवर्तन करना है? ...हाँ/ना

5

सत्य की शोध का संघर्ष : मदमस्त साँड़ को खूँटे से बाँधना

सिद्धार्थ बने बुद्ध

राजा शुद्धोधन की इच्छा राजकुमार सिद्धार्थ को राजा बनाने की थी। महल में सभी को सूचित किया जा चुका था कि महल से बाहर की दुनिया के बारे में सिद्धार्थ से बात न की जाए। यशोधरा के साथ उसका विवाह हुआ और पुत्र जन्मा। एक बार युवावस्था में पहली बार अपने सारथी के साथ सिद्धार्थ ने नगर-यात्रा की। उसने जीवन में पहली बार बीमार मनुष्य, वृद्ध और झुकी कमर वाले मनुष्य, मृत मनुष्य और सत्य की खोज में भटकते साधु को देखा। वह बहुत दुःखी हो गया सो नहीं सका। रात के अँधेरे में उसने महल, पत्नी, बालक को त्याग दिया, गहने उतार कर टाट के वस्त्र पहने और जंगल की राह पकड़ ली। पीपल के एक पेड़ के नीचे आँखें बंद करके पालथी मार कर उसने अपने मन व हृदय के भीतर झाँका और सत्य को खोजने लगा। दिन बीतते गए। खाना-पानी के बिना उसका शरीर सूख गया। अंत में जाकर उसे सत्य मिल गया। प्रेम और करुणा। वह गौतम बुद्ध के रूप में विख्यात हुआ।

गौतम बुद्ध को मिला सत्य इतना शक्तिशाली था कि मनुष्य, मनुष्य के बीच की असमानता को प्राकृतिक व सत्य सिद्ध करने में लगे हिंदू धर्म की वर्ण-व्यवस्था के आधार पर सत्तावान बने वर्ग की सत्ता के कंगूरे ढहने लगे। बुद्ध के देहावसान के बाद बौद्ध धर्म भारत के अलावा श्रीलंका, चीन, जापान में फैल गया। हिंदू धर्म के शक्तिशाली पुरुषों ने इस सत्य को और इसके आधार पर निर्भर करोड़ों लोगों की जीवन जीने की शैली के धुँधलाने के असफल प्रयत्न किए।

सारे प्रयास असफल रहे। हिंसा भी हुई। अंत में उन्होंने चतुराई दिखाई।

घोषित किया कि गौतम बुद्ध तो विष्णु के आठवें अवतार थे और उन्हें घर का आदमी बना लिया। घर है, घर में बर्तन खड़खड़ाते हैं, यों कहते हुए लोगों को मनाना शुरू किया और करोड़ों लोगों की जो नजर बुद्ध के द्वारा समझाए हुए सच्चे मूल के धर्म जैसे फूल पर टिकी थी, वह धीरे-धीरे वापस उसी ऊँच-नीच मूलक व्यवस्था द्वारा पोषित प्लास्टिक के फूल जैसे धर्म पर लौट गई।

सत्य के सामने आँख न मींचें

बुद्ध की जीवन यात्रा से हम क्या बोधपाठ सीख सकते हैं? यही : सत्य के सामने आँख मींचने से सत्य मिट नहीं जाता। मेरा बालक विद्यालय से आकर यह पूछे कि 'हम किस जाति के हैं?' तो टालमटोल करने से बालक की सत्य की खोज को हम रोक नहीं सकेंगे, और मुझे टालमटोल करने की जरूरत इसीलिए पड़ती है क्योंकि मैं स्वयं को 'मनुष्य' के रूप में नहीं देखता या नहीं देखती। जो कुछ मैं कर सकता हूँ वह यही कि समानता के जिन मूल्यों को मैं मानता हूँ, उनकी शिक्षा बालक को देकर उसे सत्य के मार्ग पर मोड़ सकूँ।

सत्य को प्राप्त करने और उसे स्वीकार करने के लिए मुझे संघर्ष करना पड़ता है। ऐसा करने में मेरा दुःख बढ़े, मेरी वेदना बढ़े या बेगार करनी पड़े, ऐसा जरूर होता है। यदि मुझे मेरा स्वाभिमान बनाए रखना हो तो सत्य को अपनाने के सिवा मेरे पास दूसरा विकल्प नहीं है।

असत्य मदमस्त साँड़ की तरह होता है। साँड़ गुस्सा हो जाता है तो पागल हो जाता है, तब वह और शक्तिशाली लगता है। जो इस मतवाले साँड़ के रास्ते में आता है उन सभी को वह नुकसान पहुँचाता है। यह सब का भय बढ़ा देता है। सभी इससे दूर रहना चाहते हैं। मदमस्त साँड़ को खूँटे से बाँध देने पर ही खेती की फसल नष्ट होने से बच सकती है। क्या मुझे मदमस्त साँड़ को खूँटे से बाँधना है या फिर मेरे खेत को उजाड़ने के लिए उसे खुला छोड़ना है। कभी-कभी साँड को बाँधने में बहुत संघर्ष करना पडता है, पर फसल को बचाने के लिए उसे बाँधने के अलावा और कोई रास्ता भी नहीं है। सत्य-असत्य के बीच की लड़ाई मेरे दिल में शुरू होती है। दलित आंदोलन में पाँचवाँ कदम उठाने के लिए मुझे अपने आप से दो प्रश्न पूछने होंगे।

– क्या मैं मनुष्य-मनुष्य के बीच की असमानता के सत्य को क्या अपने जीवन के बुनियादी मूल्य के रूप में स्वीकार करना चाहता हूँ? ...हाँ/ना
– क्या सत्य के लिए किए जाने वाले तमाम संघर्ष करने और ऐसा करते हुए मैं सभी प्रकार के मूल्य चुकाने के लिए तैयार हूँ? ...हाँ/ना

6

सत्य शक्ति देता है, बनावट घमंड देता है

बुद्ध, ईसा, कबीर, गाँधी, अंबेडकर, ज्योतिबा फुले, सावित्री फुले, नेल्सन मंडेला, मार्टिन लूथर किंग आदि ने असंभव काम को संभव कर दिखाया था। इन लोगों में इतनी प्रचंड शक्ति कहाँ से आई कि उन्होंने दुनिया के करोड़ों लोगों के जीवन को बदल डाला और बड़ी विशाल सत्ताओं के घुटने टिका दिए?

इन सभी महापुरुषों ने अपने जीवनकाल के दौरान अन्याय, शोषण, भेदभाव, गुलामी और असत्य के विरुद्ध लड़ाई छेड़ी थी।

दलितों और स्त्रियों को शिक्षा प्राप्त करने का अधिकार न था। ज्योतिबा फुले और उनकी पत्नी सावित्री फुले ने सर्वप्रथम शाला खोल कर दलितों व महिलाओं को पढ़ाना शुरू किया। ब्राह्मणों ने भारी विरोध किया। माता-पिता ने ज्योतिबा और सावित्री को घर से निकाल दिया पर इन्होंने अपना काम जारी रखा। आगे चलकर इन्होंने अंग्रेजों से कहा कि दलितों को शाला में प्रवेश मिलना चाहिए। दलित शाला में दाखिल हुए कि सभी ब्राह्मण शिक्षकों ने त्याग-पत्र दे दिए और बोले–"अस्पृश्यों को पढ़ाना हमारे धर्म के विरुद्ध काम है।" इन लोगों की अनुपस्थिति में दलित बालकों को पढ़ाने का काम मुस्लिम शिक्षकों ने शुरू किया।

गाँधीजी को दक्षिण अफ्रीका में गोरों ने ट्रेन से बाहर फेंक दिया था। कारण यह था कि उन्होंने कालों-गोरों के लिए अलग डिब्बों में बैठने वाली व्यवस्था को भंग किया था। भेदभाव के इस अनुभव ने गाँधीजी को अंग्रेजों की गुलामी के विरुद्ध लड़ने की शक्ति दी, जिसके द्वारा गाँधीजी ने अंग्रेजों के हथियारों को निरर्थक कर डाला।

विदेश से उच्च शिक्षा लेकर बड़ौदा में सरकारी सचिव बने डॉ. अंबेडकर को अस्पृश्य जाति में जन्म लेने के कारण रहने के लिए घर नहीं मिला। चपरासी तक से उन्हें अपमानित होना पड़ा और उनके दिल में लगी इस चोट से दलित-मुक्ति आंदोलन की चिनगारी फूटी।

अफ्रीका महाद्वीप के जंगलों में से काले स्त्री-पुरुषों को जंजीरों से बाँधकर, गुलाम बनाकर गोरों ने उनकी मजदूरी व पसीने की बदौलत सम्पत्ति और सत्ता बढ़ाई। चमड़ी के रंग के आधार पर उन्होंने मनुष्य-मनुष्य के बीच भेद-भाव पैदा किया। अमेरिका में मार्टिन लूथर किंग ने जन आंदोलन की अगुवाई करके रंगभेद समर्थक कानूनों को दूर किया और काले लोगों को अपने काले रंग में सुंदरता देखना सिखाते हुए भेदभाव को अधिकांशतः समाप्त कर डाला।

भारत की ही तरह अंग्रेजों ने दक्षिण अफ्रीका को गुलाम बनाकर रंगभेद की नीति को कानूनी मान्यता प्रदान कर दी। वहाँ की काली जनता को अपने ही देश में गुलाम बना दिया। नेल्सन मंडेला ने संघर्ष किया। उनको 26 वर्षों की जेल की सजा मिली पर उन्होंने रंगभेद शासन का अंत करके ही चैन लिया।

इन सभी महापुरुषों को सत्य से ही शक्ति मिली थी। वे पूरे तन-मन से मानते थे कि उनकी लड़ाई असत्य के खिलाफ है। वे स्वयं जरा भी असत्य के अधीन होना नहीं चाहते थे।

जो लोग स्वयं को ऊँची जाति के मानते हुए दूसरों का शोषण करते हैं, उनको हम अपनी भाषा में 'सरफिरे' अर्थात् जड़बुद्धि या उद्दंड कहते हैं, शक्तिशाली नहीं कहते। अन्याय, शोषण या भेदभाव असत्य के आधार पर उत्पन्न हुए हैं, अतः मात्र सत्य की शक्ति के आधार पर ही इनके विरुद्ध लड़ा जा सकता है।

अन्याय, शोषण, भेदभाव में से जो पैदा होता है, वह घमंड है। घमंडी व्यक्ति बाहर से बहुत शक्तिशाली बनता है, पर वह अंदर से बहुत खोखला व सड़ा हुआ होता है। शक्ति मुझे आत्म विश्वास देती है क्योंकि वह मेरे रोम-रोम से पैदा होती है। जब मुझे सत्य में से शक्ति प्राप्त होती है तो असत्य मुझे भयभीत नहीं कर पाता।

दलित आंदोलन की सफलता के लिए मुझे घमंड की नहीं वरन् शक्ति की जरूरत है। मुझे दलित आंदोलन से जुड़ने के लिए शक्ति और घमंड में से एक को चुनना होगा। जब मैं जान बूझ कर असत्य और उसकी दुर्बलताओं को फेंक देता हूँ तो मुझ में शक्ति संचरित होती है। ऐसी शक्ति मैं स्वयं पैदा करता हूँ, अतः उसकी लगाम मेरे ही हाथ में रहती है। ऐसी शक्ति की वजह से मुझे खाने और दिखाने के अलग अलग दाँत रखने की जरूरत नहीं पड़ती। इस शक्ति के आधार पर मैं सार्वजनिक रूप से निःसंकोच होकर भेदभाव को ललकार सकता हूँ।

घमंड मेरी शक्ति नहीं, लेकिन मेरी दुर्बलता की उपज है। यह मेरी अपनी योग्यता, मूल्यों या ज्ञान में से नहीं वरन् मैं किसी ऊँची मानी जाने वाली जाति का हूँ, ऐसी गलत मान्यता में से उत्पन्न हुआ सत्ता का एक बुरा विचार है।

शक्ति में से हिंसा या तिरस्कार नहीं, पर प्रेम, करुणा व स्वाभिमान पैदा

होता है। शक्ति स्वयं शक्ति पैदा किया ही करती है। घमंड स्वयं स्वीकार की हुई कमजोरी है, और उसे टिकाए रखना पड़ता है। घमंड मात्र हिंसा तिरस्कार, अभिमान और दूसरी तरह का अपमान पैदा करता है।

कोई भी व्यक्ति, फिर वह पुरुष हो या स्त्री, युवा हो या वृद्ध, ग्रामीण हो या शहरी, शिक्षित हो या अशिक्षित ये सभी व्यक्ति चयन करके अपने विचारों एवं मूल्यों को बदलने की शक्ति पैदा कर सकते हैं। जबकि घमंड को बनाए रखने के लिए मुझे बराबर स्वयं को दूसरों से ऊँचा मानना पड़ता है। स्वयं को ऊँचा मानने में ऐसे व्यक्ति की रही-सही शक्ति भी खर्च हो जाती है।

कई बार जाने-अनजाने में हम शक्ति को शारीरिक शक्ति समझ लेते हैं वस्तुतः शक्ति मानसिक है। मैं अपनी मान्यता और मूल्यों में जितना या जितनी मजबूत हूँ उतनी ही मेरी शक्ति अधिक होती है। शारीरिक शक्ति से हिंसा द्वारा कभी-कभी हम उथल-पुथल तो कर सकते हैं पर समाज परिवर्तन या सत्य परिवर्तन नहीं कर सकते।

ऊँच-नीच की विचारधारा या मनुष्य-मनुष्य के बीच का भेदभाव ऐसी मान्यता से पैदा होता है जो सच्ची नहीं है लेकिन जिसे सच मान लिया गया है। मैं इन मान्यताओं को सच्चा मान लेता हूँ, तभी इनसे चिपका रहता हूँ। ये मान्यताएँ मानसिक शक्ति से ही बदली जा सकती हैं।

चयन मुझे करना है। मुझे शक्ति की कंठी बाँधनी है या घमंड की गुलामी के अधीन होना है। यह चयन करने और दलित आंदोलन में छठा कदम उठाने के लिए मुझे स्वयं से कुछ प्रश्न पूछने पड़ेंगे–

– असत्य से मुझे अधिक सुख, सुविधाएँ प्राप्त होती हों तो क्या असत्य से चिपके रहना मुझे पसंद है? ...हाँ/ना
– सत्य के लिए संघर्ष करने से दुःख आए, सहना पड़े, असुरक्षा बढ़े, तब भी क्या मैं संघर्ष के लिए तैयार हूँ? ...हाँ/ना
– क्या मैं मानता हूँ कि शक्ति किसी जाति में जन्म लेने से नहीं, वरन् सत्य की लड़ाई से पैदा होती है? ...हाँ/ना
– क्या मैं ऐसा मानता हूँ कि जो स्वयं को 'ऊँचा' समझते हैं, उनमें शक्ति नहीं होती, वरन् घमंड होता है? ...हाँ/ना
– क्या मैं मानता हूँ कि घमंड से दलित आंदोलन कमजोर होता है? ...हाँ/ना
– क्या मैं ऐसा मानता हूँ कि मनुष्य की सच्ची पहचान उसकी शक्ति में निहित रहती है? ...हाँ/ना

– क्या मैं दलित आंदोलन से जुड़ने के लिए घमंड को लात मारने और सत्य के आधार पर शक्ति पैदा करने हेतु तैयार हूँ? ...हाँ/ना

– क्या मैं अपने बालकों को सत्य के लिए लड़ना सिखाने को तैयार हूँ? ...हाँ/ना

– जहाँ भी मुझे असत्य दिखे वहाँ क्या मैं उसका विरोध करने को तैयार हूँ? ...हाँ/ना

7

विचारधारा :
हमेशा मोड़ा जा सके ऐसा कोमल पौधा

अपना धंधा शुरू करने के लिए मैंने ऑटो रिक्शा खरीदा है। रिक्शा सुंदर और एकदम नया है। रिक्शा चलाने के लिए किक मारी, पर वह चला नहीं। टंकी खोलकर देखा तो वह खाली थी। उसमें पेट्रोल डाला और किक मारी तो रिक्शा चालू हो गया। अब मुझे उसको सड़क पर ले जाना है। इसके लिए उसे चलाकर ले जाना पड़ेगा। अपने आप, ड्राइवर के बिना तो यह चलेगा नहीं। ड्राइवर एक्सीलरेटर बढ़ाता है जिससे रिक्शा रफ्तार से चलता है। रिक्शे पर नियंत्रण ड्राइवर का होता है।

अपने शरीर का संचालन अपने हाथ में नहीं। हृदय, शरीर में रक्त के संचरण से यह अपने आप चलता है। यदि मैं चाहूँ कि आधे घंटे रक्त तक संचरण को रोक लूँ तो यह मेरे हाथ में नहीं। शरीर की रचना प्राकृतिक है इसलिए इस पर मनुष्य का नियंत्रण नहीं होता।

यह सच है कि शरीर की जीवित रखने के लिए मुझे भोजन-पानी की जरूरत है।

जात-पाँत और ऊँच-नीच की व्यवस्था तीन हजार वर्षों से कैसे चालू रही है? क्या यह अपने आप चल रही है या कोई इसे चलाता है? क्या इसे चलाने के लिए ईंधन की जरूरत पड़ती है?

जात-पाँत और ऊँच-नीच की व्यवस्था प्राकृतिक नहीं है,. इसलिए इसे चलाना पड़ता है। ऊँच-नीच की व्यवस्था मेरे जीवन में तभी तो आ सकती हैं, जब मैं इसे मानने लगूँ। मैं इसके अंदर ईंधन डालूँगा तभी तो इसमें जान आएगी। मैं इसे चलाऊँगा, तभी तो यह चलेगी।

ऊँच-नीच की व्यवस्था रिक्शे की जैसी है। इसे ईंधन विचारधारा से मिलता

है। मैं और समाज के लोग ऊँच-नीच की व्यवस्था की विचारधारा को मानने लगें और इसे अपने रक्त में मिला लें तभी तो यह व्यवस्था चलेगी।

विचारधारा मानसिक रूप से स्वस्थ व्यक्ति में ही संभव होती है। पागल आदमी को इस बात की कोई परवाह नहीं होती कि वह किस जाति का है। अतः मानसिक रूप से जो व्यक्ति जीवंत होता है, उसी में विचारधारा विद्यमान रहती है। पशु-पक्षियों में विचारधारा नहीं होती, यानी वे स्वयं को एक-दूसरे से ऊँचे या नीचे नहीं समझते।

यह विचारधारा क्या है? समानता की हमारी लड़ाई में इसके क्या संबंध हैं।

सबसे महत्त्वपूर्ण बात यह है कि हमारी लड़ाई किसी व्यक्ति के विरुद्ध नहीं है वरन् विचारधारा के विरुद्ध है। विचारधारा ही व्यक्ति को दलित या गैर-दलित बनाती है। विचारधारा ही मुझसे कुछ काम कराती है या किसी मामले में मुझे मानने को बाध्य करती है।

मैं स्वयं को ऊँची जाति का इसलिए मानता हूँ कि मैं जिसे नीचा समझता हूँ उससे छुआछूत रखता हूँ। मैं स्वयं को दूसरों से नीचा इसलिए मानता हूँ कि वह कुरसी पर बैठे और मैं उसके सामने जमीन पर बोरी बिछा कर बैठता हूँ।

दूसरी महत्त्वपूर्ण बात यह है कि विचारधारा को मनुष्य ने बनाया है अतः इसमें बदलाव हो सकता है। क्रूर लुटेरा वाल्मीकि ऋषि कैसे बन सका? उसके विचार बदले तभी तो! जैसे ही मेरी विचारधारा बदलेगी, वैसे ही तत्काल मेरी भाषा, मेरा व्यवहार, दूसरों के साथ मेरा दृष्टिकोण और दूसरों से मेरा संबंध भी बदल जाता है।

यदि मैं अपनी माँ, बहन, बेटी व पत्नी को स्त्री होने के कारण अपने से निम्न समझता हूँ तो उनको संबोधित करने की मेरी भाषा असभ्य हो जाती है। मैं बात-बात में उनको अपमानित कर देता हूँ। वे मुझसे उत्तम काम करें तो मैं ईर्ष्या से सुलग उठता हूँ। वे आजाद होना चाहें तो उन्हें पीटने के लिए मेरा हाथ उठ जाता है। मैं अपनी बेटी को बेटे से कम प्रेम करता हूँ।

लेकिन जिस क्षण मैं स्वयं को समान समझता हूँ उसी क्षण तत्काल मेरी उन्हें बुलाने की भाषा, उनके साथ मेरा व्यवहार, दृष्टिकोण, संबंध—सब कुछ बदल जाते हैं। साथ ही घर का वातावरण बदल जाता है। मेरा अपना भय, असुरक्षा व घमंड कम हो जाता है। मेरा धर्म-परिवर्तन नहीं, पर सत्य परिवर्तन हो जाता है।

विचारधारा प्राकृतिक नहीं है। वह सच्चा फूल नहीं है, वरन् प्लास्टिक का फूल है। कोई भी व्यक्ति विचारधारा लेकर जन्म नहीं लेता। विचारधारा प्राकृतिक होती तो हरेक व्यक्ति उसके साथ जन्मा होता। मुझमें समझ आती है तभी से किसी प्रकार की विचारधारा अपनाता हूँ। अर्थात् जाति जन्म से तय नहीं होती

वरन् जिस प्रकार की विचारधारा अपनाता हूँ, उससे मैं स्वयं की एक या दूसरी तरह से पहचान कराता हूँ।

विचारधारा रिक्शे जैसी होती है। रिक्शा व्यक्ति की संपत्ति होती है। विचारधारा मेरी अपनी है, तभी तो मैं उसे नहलाता हूँ, धुलाता हूँ और स्वस्थ रखता हूँ। इसका ड्राइवर मैं हूँ। मैं तय करता हूँ कि रिक्शे को सड़क पर चलाना या गड्ढे में डालना है।

संक्षेप में, प्रकृति ने मुझे शक्ति दी है रिक्शा खरीदने की और चलाने की। किस कंपनी का रिक्शा खरीदा जाए, यह मुझे तय करना है। उस रिक्शे को किस तरह चलाया जाए, यह मुझे ही तय करना है। मैं पुराना खड़-खड़ बजने वाला और टूटने के कगार पर काम-चलाऊ रिक्शा खरीदूँ और फिर विमान की रफ्तार से चलाने की इच्छा रखूँ तो क्या यह कभी संभव है?

मैं स्वयं ही मान लूँ कि मैं दूसरों की तुलना में निम्न हूँ और तब कहूँ कि मुझे भगवान ने निम्न बनाया है, तो यह कहाँ का न्याय है?

जात-पाँत के आधार पर ऊँच-नीच का भेदभाव तीन हजार वर्षों से इसलिए चालू रहा है क्योंकि जात-पाँत की कंपनी जो रिक्शे बनाती हैं वे मैं खरीदता हूँ। जात-पाँत की कंपनी मुझे सिखाती हैं उसी तरह से मैं गाड़ी चलाता हूँ। एक दूसरे ढंग से देखें तो विचारधारा कोमल पौधे जैसी होती है। मैं उसे जिस तरह से मोड़ दूँ उसी तरह वह मुड़ जाती है। मुझ में जैसे-जैसे सत्य की समझ बढ़ती है वैसे-वैसे मैं अपने गलत विचार और व्यवहार को बदल सकता हूँ।

दलित आंदोलन से जुड़ने वाले प्रत्येक व्यक्ति को यह सत्य स्वीकार करना पड़ता है कि विचारधारा को बदलना हमारे हाथ की बात है। दलित आंदोलन में सातवाँ कदम रखते समय मुझे स्वयं से कुछ प्रश्न पूछने पड़ेंगे—

– क्या मैं समानता की विचारधारा मानना चाहता हूँ? ...हाँ/ना

– क्या मैं असमानता की विचारधारा मानना चाहता हूँ? ...हाँ/ना

– मैं जो विचारधारा पसंद करता हूँ, उसमें से जो भी परिणाम आता है, क्या मुझे वही भोगने हैं? ...हाँ/ना

चयन स्वतंत्र मनुष्य कर सकता है। गुलाम व्यक्ति चयन नहीं कर सकता। गुलाम के लिए चयन उसका मालिक करता है।

– क्या मैं स्वतंत्र मनुष्य हूँ? ...हाँ/ना

– क्या मैं गुलाम हूँ? ...हाँ/ना

8

अकेला पड़ जाने का भय

मैं दूसरों से निम्न या नीचा हूँ, जब मैं ऐसा बोलता हूँ तो नींद में प्रलाप नहीं करता। जानकर, समझ कर, विचार कर, पूरे होश में होता हूँ, तब बोलता हूँ। दूसरे शब्दों में कहूँ तो स्वयं को दूसरों से नीचा मान कर मैं जानबूझ कर आत्महत्या करता हूँ।

कोई भी व्यक्ति अकेला नहीं जी सकता या नहीं रह सकता। मुझे घर में और समाज में दूसरे लोगों के बीच रहना होता है। दूसरे लोगों के साथ रहने की जरूरत प्राकृतिक है, क्योंकि उसके बिना मैं मानसिक रूप से स्वस्थ नहीं रह सकता।

बालक दूसरों के साथ रहकर भाषा बोलना सीखता है। यदि उसका पालन पशुओं या अन्य प्राणियों के बीच हो तो वह भाषा नहीं सीख सकता। भाषा के द्वारा मेरे मन में विचार आते हैं। इन विचारों के आधार पर मैं दूसरे लोगों के साथ व्यवहार करना सीखता हूँ। मैं दूसरे लोगों के साथ रहता हूँ तभी मुझे सुरक्षा महसूस होती है। यदि मैं अकेला या अकेली पड़ जाऊँ तो असुरक्षित हो जाती हूँ।

समाज का कोई व्यक्ति समाज का नियम न माने तो हम उसे सबसे बड़ी सजा जाति से बाहर निकाल देने की देते हैं। उससे संबंध विच्छेद कर देते हैं। जाति से निष्कासित व्यक्ति के घर कोई नहीं जाता। उससे कोई बात नहीं करता। उससे किसी भी तरह का व्यवहार नहीं करता। उसके घर शुभ-अशुभ प्रसंगों में कोई खड़ा नहीं रहता। अतएव मनुष्य का सबसे बड़ा भय अकेला पड़ जाने का होता है।

ज्यों ही मुझे दूसरों से निम्न कोई विचार आता है त्यों ही तुरंत एक प्रकार का अकेलापन लगने लगता है। मैं अपने समाज को कोई नया विचार दूँगा तो वे मुझे कहेंगे 'हाँ' भई! अब तुम सुधर गए हो। हम अपनी जगह ठीक हैं। ऐसा कहने का कारण, उन्हें यह विचार नापसंद है, ऐसा नहीं है, लेकिन अकेले पड़

जाने का भय पैदा हो जाता है, इसी वजह से कहते हैं। बात भले ही उलटी लगे, पर सच है कि गुलाम को गुलामी में ही सुरक्षा लगती है। गुलाम हैं तब तक वे सुरक्षित हैं। फिर भले ही उन्हें दुःख झेलना पड़ता हो। अतः गुलाम को आजाद होना हो तो उसे विचार से बगावत करनी पड़ती है। बगावत और असुरक्षा का भय दोनों एक साथ शुरू होते हैं।

बालक बैठा हो तो माँ-बाप को उसके गिरने का डर नहीं लगता। बालक खड़ा होने की कोशिश करे तभी उसके गिरने व जमीन पर पड़ने की संभावना पैदा होती है। परंतु यदि मेरे बालक को दौड़ना सीखना हो तो उसे खड़े होना व गिरना भी सीखना होगा।

समानता के लिए लड़ाई मुझसे ही शुरू होती है अतः मुझे दूसरों से अकेले या अलग तो होना ही पड़ता है। प्रश्न यह है कि क्या मैं अपने अकेलेपन और असुरक्षा में से शक्ति पैदा कर सकता हूँ? अकेला रहूँगा तो शक्ति कहाँ से मिलेगी?

सच्चाई यह है कि अकेला व्यक्ति यदि स्वतंत्र होना चाहे तो वह भरपूर शक्ति पैदा कर सकता है। वह स्वतंत्र होगा, इस बात से ही और इस ज्ञान-गणना से ही उसका एक सेर खून बढ़ जाएगा। स्वमान का नशा उसके मनोबल को मजबूत करता है। मैं स्वतंत्र होऊँगा तो दूसरे लोग मुझे देखकर सीख लेंगे, ऐसी आशा उसके संघर्ष को जीवित रखती है। हम अपने दिल पर हाथ रखकर जरा स्वयं से पूछें, 'क्या हरेक माता-पिता को ऐसी आशा नहीं होती कि उनकी संतान कभी-न-कभी उनकी प्रसन्नता का काम करेगी?'

प्रत्येक व्यक्ति को जिस प्रकार सुरक्षा की जरूरत पड़ती है उसी प्रकार प्रत्येक समाज को भी सुरक्षा की जरूरत पड़ती है। गाँव में जातिवार घर एक साथ क्यों स्थित हैं? क्योंकि सामूहिक सुरक्षा में से ही इस समाज के प्रत्येक व्यक्ति की अपनी सुरक्षा उत्पन्न होती है। पर जीवन भर जातिवार एक साथ घर बनाने की जरूरत असुरक्षा में से ही उत्पन्न होती है और यह चिंता का भी प्रश्न है।

अतः ज्यों ही मैं नया सोचता हूँ, ज्यों ही मैं शोषण और भेदभाव का विरोध करता हूँ तो तुरंत मेरे समाज में खलबली मच जाती है। मैं ठाकुर या पटेल की दादागिरी के अधीन न आऊँ तो तुरंत वे मोहल्ले के मुखियाओं को बुला लें, 'मेहतर, अपने लड़के को काबू में रखो' और बड़े-बुजुर्ग कहेंगे, 'बापू, यह बाल बुद्धि है।'

बाल-बुद्धि अर्थात् क्या? आजाद पंछी। बालक याने स्वच्छ हृदय। बालक याने भय मुक्त। आत्म विश्वास में झूलता जीवन। क्या हम में से हरेक व्यक्ति की आंतरिक इच्छा बालक बनने की नहीं होती?

एक नया विचार गाँव में सभी को असुरक्षित बना देता है। लेकिन अगर

मुझे सत्य को स्वीकारना हो तो असुरक्षा की चिंता एक किनारे रख देनी पड़ेगी। मेरी लड़ाई में मुझे ही उजाला नजर आता है, जब वह मेरे समाज को दिखाई देगा तभी वे मुझे कंधे पर उठा कर घूमेंगे।

प्रश्न है क्या मैं अपने समाज को दलित आंदोलन के संघर्ष में रोशनी दिखा सकूँगा? यदि ऐसा हो जाएगा तो धीरे-धीरे सभी मेरे पक्ष में आकर खड़े हो जाएँगे।

लेकिन मैं दूसरों को प्रकाश तभी तो दिखा सकता हूँ जब वह मुझे दिखाई देता हो। यदि कुएँ में पानी होगा तो कुंड में आएगा।

प्रकाश तो है ही, पर मुझे नहीं दिखता। असुरक्षा के साथ मेरा जितना ज्यादा पाला पड़ेगा, उतना ही मुझे प्रकाश दिखना शुरू होगा। समाज को निराशा, हताशा व भय नहीं चाहिए। ये सब तो वे पीढ़ियों से भोगते आए हैं।

समाज को आशा, प्रकाश, हिम्मत और आजादी चाहिए। ये सब देने की हिम्मत मैं कर सकता हूँ। दलित आंदोलन से जुड़ने वाले सभी सदस्यों को आंदोलन में आठवाँ कदम रखने के लिए अपनी असुरक्षा के साथ जीना सीखना पड़ेगा। उसे कांटे बुहार कर पीछे आने वालों के लिए रास्ता साफ करना पड़ेगा।

– क्या मैं असुरक्षा के साथ जीना सीखने को तैयार हूँ? ...हाँ/ना
– क्या मैं अपने वाणी-व्यवहार से अकेला पड़ जाने का भय एक तरफ रखने को तैयार हूँ? ...हाँ/ना
– क्या मैं अपने समाज को विचारों एवं व्यवहार से आशा, प्रकाश व हिम्मत देने हेतु तैयार हूँ? ...हाँ/ना

9

मुझे लगता है कि मैं अकेला हूँ : पर वस्तुतः अकेला नहीं हूँ

पाटण के राजा सिद्धराज को बड़ी भारी चिंता थी। एक के बाद एक पड़ने वाले अकाल की वजह से आकाश से पानी की बूँद तक नहीं टपकी थी। पानी के बिना प्रजा छटपटा रही थी। राजा से किसी ने कहा—बत्तीस लक्षणों वाले पुरुष की बलि पानी अवश्य ला देगी। बत्तीस लक्षणों वाला पुरुष दलित वर्ग में ही जन्मा था। राजा ने उससे बलिदान की माँग की। मेघमाया ने शर्त रखी। आज से मेरा समाज गले में कुलड़ी नहीं बाँधेगा। आज से मेरा समाज पीठ पीछे झाड़ू नहीं बाँधेगा और संपूर्ण समाज ने कुलड़ियाँ व झाड़ुएँ फेंक दीं। दलित और अधिकांश गरीब समाज मेघमाया की याद में घर की नींव खोदते समय आज भी नींव में तांबे का लोटा आदि रखते हैं।

मेघमाया को लगता था कि वह अकेला है, लेकिन बड़े ही आश्चर्य के साथ उसने देखा तो उसका पूरा समाज जिस नारकीय यातना को भोग रहा था, उस गुलामी से बाहर निकलने के लिए छटपटा रहा था।

यह कैसे? मुझे लगता है कि मैं अकेला हूँ पर वस्तुतः अकेला नहीं हूँ? ऐसा इसलिए होता है क्योंकि मैं अपने ढंग से सोचता हूँ। मैं जिस विषय में सोच रहा हूँ, वह भारत के 20 करोड़ लोगों को पीड़ित कर रहा है। मैं रामपात्र को फेंक दूँ तो 20 करोड़ लोग उसे फेंकने को तैयार हैं।

गाँव में बहुत सारे बूढ़े लोग आँसू बहाते हैं। 'हमने अपने बेटे को पढ़ाया, लिखाया, साहब बनाया, पर अब वह हमारे सामने देखता तक नहीं।' अंबेडकर भी पढ़े-लिखे लोगों से दुःखी थे। अगर समाज पढ़े-लिखे लोगों से मदद की उम्मीद न रखे तो फिर किससे रखे?

इन पढ़े-लिखे लोगों की बात को जरा समझें! ये समाज से दूर क्यों रहना चाहते हैं? ये अपनी पहचान दलित के रूप में सार्वजनिक स्तर पर क्यों नहीं देना चाहते? क्यों ये लोग 'पटेल' और 'शाह' जैसी जाति रखना चाहते हैं? यह सच है कि वे दूर रहना चाहते हैं, पर किस वजह से दूर रहना चाहते हैं?

ये गुलामी से दूर रहना चाहते हैं। ये इसलिए दूर भागना चाहते हैं ताकि उन पर नीच जाति का होने की छाप न लगे। जो लोग समाज में रहना चाहते हैं और जो लोग समाज से दूर रहना चाहते हैं...इन दोनों के ध्येय एक जैसे हैं। दोनों को स्वतंत्रता हासिल करनी है। दोनों को समानता और अपना स्वाभिमान चाहिए। दोनों को ऊँच-नीच के भेदभाव से बाहर निकलना है।

पर दोनों के बीच फर्क इतना ही है कि दोनों के रास्ते अलग हैं। एक को लगता है कि साँड़ के सींग पकड़कर पटखनी दे दी जाए। दूसरे को लगता है कि साँड़ से इतनी दूर चले जाएँ कि उसकी याद तक न आए। दोनों अलग-अलग रास्तों से लड़ रहे हैं। दोनों का दुश्मन एक है फिर भी दोनों तरह के लोगों को लगता है कि वह अकेला है।

1931 में जातिवार जनगणना हुई थी तब यह पता चला कि 20 प्रतिशत लोग अस्पृश्यता भोग रहे थे। 1950 में जो जात-पाँत के कारण भेदभाव भोग रहे थे, उन्हें अनुसूचित जाति में गिना गया और उनकी आबादी 16 प्रतिशत हुई। कारण, 4 प्रतिशत लोग ईसाई, मुस्लिम, बौद्ध या सिख हो गए। संविधान में कहा गया है कि 'अस्पृश्यता' हिंदू धर्म का भाग है, अतः जिन लोगों ने धर्म बदल लिया वे अस्पृश्य नहीं माने जाएँगे।

अंबेडकर ने हिंदू धर्म छोड़ने का कार्यक्रम दिया। उन्होंने बौद्ध धर्म अपनाया। 10 लाख दलित उनके मार्ग पर चले गए। करोड़ों दलितों में से सिर्फ 10 लाख लोग ही क्यों जुड़े? अधिकांश को 'आरक्षण' से हाथ धो बैठने का डर था। जो लोग बौद्ध बने, उन्होंने भी अपने जन्म के प्रमाण-पत्र में 'हिंदू' लिखना जारी रखा।

हालाँकि अब सभी दलों का दलित मतों के बिना काम नहीं चलने वाला, इसलिए बौद्ध धर्म स्वीकार करने वालों को भी 'आरक्षण' का लाभ देने के काबिल मान लिया गया है।

दलित आंदोलन में जुड़ने वाले सभी लोगों को यह समझना जरूरी और महत्त्वपूर्ण है कि किसी भी व्यक्ति को गुलाम रहने की इच्छा नहीं है। स्वतंत्रता खून में होती है। क्योंकि प्रकृति ने मनुष्य को स्वतंत्र ही बनाया है। गुलामी और भेदभाव के विरुद्ध लड़ने के लिए मुझे प्रकृति का साथ है।

भेदभाव के विरुद्ध शिकार बनने वाले सभी लोगों को इसके विरुद्ध लड़ना

है। परंतु हरेक के लड़ने का रास्ता अलग-अलग और अनोखा है। जब दुश्मन एक है तो फिर लड़ने के रास्ते अलग-अलग क्यों? क्योंकि प्रत्येक व्यक्ति की अपनी शक्ति कितनी है, इसका अलग-अलग अनुमान और पैमाना होता है। मैं हमेशा जितनी मेरी शक्ति है उसकी मर्यादा में रहते हुए लड़ता हूँ।

मैं शक्ति की माप की मर्यादा में रहते हुए क्यों लड़ता हूँ? कारण, मुझे जीतना है, हारना नहीं। मेरे पास गेहूँ के बीज अत्यंत मेहनत और ऊँचे भाव में आए हुए हैं। इसलिए मैं आँखें मूँदकर गेहूँ की बुवाई नहीं करता। जमीन में ठंडक कितनी है, इसका मैं अनुमान लगाता हूँ। ज्यादा गरमी पड़े तो बोए गेहूँ जल जाते हैं। एक बार बीज बेकार चला जाए तो मैं व मेरा परिवार मुश्किल में पड़ जाएँगे।

मेरे पास मेरा अपना बोर हो तो बीजों के बेकार जाने की चिंता नहीं रहती। मुझे लड़ना है और जीतना है। इसलिए मैं अपने ढंग से लड़ता हूँ। कभी ऐसा लगता है कि मैं अकेला लड़ रहा हूँ, पर वस्तुतः हजारों, लाखों और करोड़ों लोग लड़ रहे हैं।

दलित आंदोलन में नवां कदम उठाते समय मुझे यह सोचने की जरूरत है कि–

मैं ऐसा क्या कर सकता हूँ कि मेरे जैसे भेदभाव के खिलाफ लड़ने वाले सभी लोगों के दिलों में यह भावना पैदा कर सकूँ कि हमारी लड़ाई सामूहिक है।

10

शक्ति का माप : बंदर का तराजू और दो बिल्लियों की रोटी

मुझमें शक्ति कितनी है? मुझे लगता है कि उतनी ही है या मेरी मान्यता से बहुत अधिक है? मेरी शक्ति का माप कौन तय करेगा?

दो बिल्लियों को एक रोटी मिली। रोटी को बराबर दो भागों में बाँटना तय किया, क्योंकि दोनों की समानता में आस्था थी। पर रोटी के बराबर दो भाग करने के ज्ञान को लेकर दोनों को एक-दूसरे पर संदेह था। उन्होंने गाँव के बंदर के ज्ञान पर विश्वास करके उससे रोटी के बराबर दो भाग कर देने हेतु निवेदन किया। गाँव का बंदर बोला—"तुम्हारा कहना सही है। तुम्हें बराबर दो हिस्से करने का ज्ञान नहीं है।" उसने तराजू निकाला। रोटी के दो छोटे-छोटे टुकड़े करके तोला। बड़े टुकड़े वाला पलड़ा झुका। उसने बराबर हिस्सा करने के लिए रोटी का बड़ा ग्रास खा लिया। अब दूसरा पलड़ा भारी होने से झुका और उस टुकड़े का भी एक बड़ा ग्रास खा लिया। यों करते-करते वह पूरी रोटी खा गया।

जात-पाँत व ऊँच-नीच की व्यवस्था इसीलिए चल रही है, क्योंकि जिसे हम अपने से ऊँचा मानते हैं, उसमें जितनी शक्ति होती है हमको उससे भी कई गुना शक्ति उनमें ज्यादा नज़र आती है मैं जिसे अपने से नीचा मानता हूँ। उसमें जितनी शक्ति होती है उसकी अपेक्षा मुझे बहुत कम शक्ति नज़र आती है।

अब मेरी शक्ति की बात! मैं दूसरों से स्वयं को नीचा मानता हूँ तो स्वयं को उनकी तुलना में कमजोर मानता हूँ। मैं स्वयं को दूसरे से ऊँचा मानता हूँ तो स्वयं को उसकी तुलना में अधिक शक्तिशाली मानता हूँ।

इसका सीधा-सा अर्थ यह है कि मेरी शक्ति का माप मेरी अपने बारे में मान्यता के आधार पर तय होता है। मेरी दृष्टि ऐसी हो जाती है कि मेरे सामने यदि दो कुत्ते हों तो उनमें से एक कुत्ता मुझे सिंह दिखता है और दूसरा चूहा।

अतः सिंह देखकर मुझे भय लगता है और चूहा देखकर उसे कुचल देने का मन करता है।

ऐसा क्यों होता है? जो होता है, वह मुझे उससे भिन्न क्यों दिखाई देता है? कागज़ पर एक गोला बनाएँ तो कई दिनों के भूखे आदमी को उस गोले में रोटी क्यों दिखाई देती है? वह गोला किसी कवि को दिखाएँ तो उसे उसमें चाँद क्यों नज़र आता है?

ऐसा इसलिए होता है क्योंकि मेरी आँखें क्या देखें यह मेरा मस्तिष्क तय करता है। अतः दो मनुष्यों के विचार और जरूरतें भिन्न हों तो एक ही वस्तु दोनों को अलग दिखाई देती हैं। मस्तिष्क की रचना प्रकृति ने की है, फिर भी मेरे मस्तिष्क को जो वस्तु मेरे सामने होती है उससे भिन्न क्यों दिखाई देती है?

इसे समझना आसान है। घुटनों के बल चलने वाले बालक के सामने साँप आ जाए, तो वह उसे पकड़कर मुँह में डालने का प्रयत्न करेगा। बड़े आदमी के सामने साँप आ जाए तो वह क्या करेगा? नन्हा बालक जिसने अभी चलना नहीं सीखा, उसे डर नहीं लगता, और पहलवान को डर लगता है, ऐसा क्यों? क्या बालक ज्यादा शक्तिशाली है?

बालक और बड़ों में इतना ही फर्क है कि बालक को अभी साँप से डरना सिखाया नहीं गया, जबकि बड़ों को यह सिखाया गया है। हमारे जन्म के साथ ही प्रकृति ने हमें मस्तिष्क की अद्‌भुत भेंट दी है। इस मस्तिष्क की शक्ति का अनुमान नहीं लगाया जा सकता। विज्ञान इतना आगे बढ़ चुका है फिर भी मस्तिष्क किस तरह काम करता है, इसे पूरी तरह से समझ नहीं सका है।

प्रकृति ने हमें जो मस्तिष्क दिया है, वह नितांत कोरा दिया है। उसमें क्या-क्या विचार भरे जाएँ, यह प्रकृति तय नहीं करती, वरन् हम तय करते हैं। अफ्रीका के जंगल में लोग सिंह से नहीं डरते। अहमदाबाद में पैरों के नीचे यदि तिलचट्टा भी आ जाए तो लोग कूद कर खिड़की पर चढ़ जाते हैं।

जात-पाँत की व्यवस्था में जब हम रहते हैं तो हमारी मान्यताओं के कारण हमारा मस्तिष्क निर्मित होता है। जिन्हें हम अपने से ऊँचा मानते हों उनका हमारे विचारों पर नियंत्रण होता है। वे दिन कहें तो हम दिन कहते हैं। और सूरज के तेज प्रकाश से भरे दिन को रात कहें तो हम रात कहते हैं। हम अपना दिमाग उनके वहाँ गिरवी रख देते हैं और वे हमें जो और जितना बताते हैं वह हमें वैसा और उतना ही दिखता है।

यदि हम, जिन्हें हमसे 'ऊँचा' मानते हों, उनको ही श्रेष्ठ और बत्तीस लक्षणों से युक्त मानेंगे तो हम स्वयं को उनके जैसा बनाने की कोशिश करेंगे। यों करते

हमारा मस्तिष्क उनके विचारों, उनकी मान्यताओं और उनके मूल्यों में रंग जाएगा। उनके विचार ऊँच-नीच के भेदभाव को कायम रखने के हैं। उनका मूल्य असमानता है, वे मनुष्य-मनुष्य के बीच भेदभाव को मानते हैं।

अगर उनके विचारों, मान्यताओं व मूल्यों में रंग कर उसके आधार पर अपनी शक्ति का अनुमान लगाकर असमानता व भेदभाव के विरुद्ध लड़ाई छेड़ेंगे तो कदापि सफल नहीं हो सकेंगे।

आजादी प्राप्त करने की पहली शर्त है अपने मस्तिष्क और विचारों पर काबू करना। कोई मुझे कहे, इसलिए नहीं, परंतु मेरे हृदय में जो अनुभव होते हैं, उसके आधार पर दुनिया को देखना। अपनी शक्ति का अंदाजा मैं स्वयं लगाऊँ, तभी सच्चा अनुमान लगाया जा सकेगा। गाँव के बंदर को अपनी शक्ति का अंदाज़ लगाने का ठेका दूँ तो वह नुकसान का धंधा ही साबित होगा।

चींटी किसी से पूछने क्यों नहीं जाती कि मुझमें साँप को तड़पाने की ताकत है या नहीं? सिंह किसी से पूछने क्यों नहीं जाता कि मुझमें शिकार करने की शक्ति है या नहीं? वृक्ष क्यों किसी से पूछने नहीं जाता कि मुझमें बड़ा होने की शक्ति है या नहीं? गाँव का राजा मुझे पूछने क्यों नहीं आता कि उसमें दूसरे का शोषण करने की शक्ति है या नहीं? जब कोई मुझे पूछने नहीं आता तो मैं ही दूसरों से पूछने क्यों जाऊँ कि मुझमें भेदभाव और असमानता मिटाने की शक्ति है या नहीं?

क्या मैं यह मानने को तैयार हूँ कि प्रकृति ने मुझे कोरा मस्तिष्क दिया है, जिसे मैं अपनी इच्छा के मुताबिक गढ़ सकता हूँ। दुनिया भर की मनुष्य जाति के इतिहास ने जो एक बात साबित कर दी है वह यह है कि मनुष्य के लिए कुछ भी असंभव नहीं है। मनुष्य जो सोच ले वह कर सकता है।

इस इतिहास को दृष्टि में रखते हुए मैं दलित आंदोलन को सफल बनाने हेतु क्या करना चाहता हूँ?

मैं इतना सीख लूँ कि मेरी शक्ति मैं खुद पैदा करता हूँ और उसके अंदाज का मुझे पता रहता है। दलित आंदोलन के लिए और गुलामी के विरुद्ध मेरे संघर्ष को सफल बनाने के लिए शक्ति की बहुत जरूरत है। शक्ति कितनी है, यह जानने के लिए मेरे अपने अंदाज की जरूरत है।

भेदभाव के विरुद्ध संघर्ष में शक्ति का सही अंदाजा लगाने की बड़ी जरूरत है। दलित आंदोलन में दसवीं देहरी लाँघते समय मुझे कुछ सवाल स्वयं से पूछने पड़ेंगे।

– क्या मैं अपनी शक्ति का अंदाजा स्वयं करना चाहता हूँ? ...हाँ/ना

– दूसरे कहें उतनी ही मेरी शक्ति है, क्या मैं ऐसा मान लूँ? ...हाँ/ना

– क्या मैं अपने समाज के अन्य लोगों को भी उनकी शक्ति के प्रति सजग करने को तैयार हूँ? ...हाँ/ना

– क्या मैं अपने गाँव के बालकों को भी उनकी सच्ची शक्ति का अंदाज़ा लगाना सिखाने को तैयार हूँ? ...हाँ/ना

– क्या मैं अपने घर में माँ-बहन या पत्नी की सच्ची शक्ति स्वीकारने को तैयार हूँ? ...हाँ/ना

– जहाँ मेरी अपनी शक्ति के बारे में मुझे गलत सोच है, क्या मैं उसे वहाँ बदलने को तैयार हूँ? ...हाँ/ना

11

भेदभाव : मनुष्य के शरीर में से प्राण निकाल लेने की बात

गाँव में हरेक जाति के कुएँ अलग क्यों हैं? इससे आगे बढ़ें तो दलितों के आजादी के बाद भी कुएँ अलग क्यों हैं? मैं जिसे अपने से ऊँचा मानता हूँ और जिसे अपने से नीचा मानता हूँ, उससे छू जाऊँ, या वह मुझसे छू जाए, तो क्या होता है? स्त्री और पुरुष के यौन संबंध में अस्पृश्यता क्यों शरमा जाती है? मैं गाँव के मंदिर में प्रवेश क्यों नहीं कर सकता? मैं अर्थी या बरात को गाँव के बीच से क्यों नहीं निकाल सकता? मेरा घर गाँव के एक किनारे क्यों होता है?

ये सारी बातें खुली आँखों से देखी जा सकती हैं। स्वयं महसूस की जा सकती हैं। पर अलग कुओं, अलग घर और छुआछूत किसमें से उत्पन्न होती है और इसका मूल कारण क्या है, जो खुली आँखों से देखा नहीं जा सकता? इस मूल कारण को जब तक मैं समझ नहीं लूँगा, तब तक इनका निराकरण नहीं कर लूँगा, तब तक सार्वजनिक जीवन में दिखाई देने वाली छुआछूत और भेदभाव दूर नहीं हो सकेंगे।

मनुष्य की लंबाई, चौड़ाई, त्वचा के रंग, शरीर के आकार में अंतर होता है। हम यहाँ इस तरह की असमानता की बात नहीं करते। हम यहाँ मनुष्य के 'ऊँचे' और 'नीचे' जैसे जो भेद किए गए हैं उनकी बात करते हैं।

मूलतः मैं मानता हूँ कि मैं दूसरे आदमी की तुलना में अलग हूँ। यह मान्यता खुली आँखों से नहीं दिखती। यदि मैं स्वयं को अलग मानूँ तो सार्वजनिक जीवन में सिद्ध करना पड़ता है कि मैं अलग हूँ। इस भेद को साबित करने के लिए मैं जो करता हूँ, उसे खुली आँखों से सभी देख सकते हैं।

मूल प्रश्न के मूल में अभी और गहरे उतरें। मैं स्वयं को दूसरों से अलग मानता हूँ या कोई मुझे अलग कहता है, इसलिए मैं मानता हूँ कि मैं भिन्न हूँ।

यदि मैं अपने आप ऐसा मानता हूँ, तो जिस क्षण से मैं ऐसा मानना बंद कर दूँगा, तभी से स्वयं को भिन्न मानना बंद हो जाएगा।

यदि दूसरों के कहने से मैं स्वयं को अलग समझता हूँ तो दूसरों का मानना छोड़ देना पड़ेगा। जो व्यक्ति मुझे उल्टी पट्टी पढ़ा रहा है मुझे उसकी गरदन पकड़नी होगी, पर क्या वाकई मुझे पता है कि वह व्यक्ति कौन है?

मूल बात यही है। मैं ऐसे व्यक्ति को पहचानता ही नहीं। उस व्यक्ति को खुली आँखों से मैंने देखा नहीं। अतः मुझे लड़ना है पर मुझे पता ही नहीं कि दुश्मन कौन है।

तो यह कौन है जिसकी बात मैं मानता हूँ, पर उसे देखा नहीं? वह भूत है या भगवान? और मैं यह बात क्यों मानता हूँ? क्या यह बात मुझे पसंद है, अच्छी लगती है, अनुकूल पड़ती है, इसलिए मैं मानता हूँ? बात चाहे कितनी ही अच्छी हो, पर यदि मुझे पसंद नहीं है तो मैं भगवान के कहने पर भी क्या मान लूँगा?

बात भेदभाव वाली होते हुए भी मैं मान लेता हूँ क्योंकि मुझे उसमें से ऐसा कुछ मिलता है जो मुझे अच्छा लगता है। मुझे ऐसा लगता है कि बात न मानने से मेरा हित खतरे में पड़ जाता है।

बहुत गहरे सोचने पर लगता है कि मेरा सबसे बड़ा भय है मर जाने का। कारण मेरी पहली जरूरत जीने की है। जीवन प्रकृति की भेंट है। यदि मैं भेदभाव वाली बात न मानूँ तो मेरे जीवन के समक्ष खतरा खड़ा हो जाएगा, ऐसा भय लगता है।

मैं किसी की बात न मानूँ तो इससे दूसरों का क्या होगा? जो लोग स्वयं को ऊँचा समझते हैं, उन्हें बिना मेहनत, अधिकार, सत्ता, मौज-मजे मिलते हैं। उनका सुख तभी टिका रह सकता है कि जब मैं उनकी भेदभाव वाली बात को मानूँ। न मानूँ तो उनका राज छिन जाता है। वे घबरा जाते हैं। होश गँवा बैठते हैं। हिंसा पर उतर आते हैं। मेरी मजदूरी बंद कर देते हैं। मेरी रोटी छीन लेते हैं, और मेरी रोटी छिन जाए तो मैं जीऊँ कैसे?

सफाई कर्मचारी से पूछें, 'तुम इतना गंदा काम कैसे करते हो?' तो वह कहेगा, 'पेट की खातिर करते हैं भाई।' मेरे गाँव का नाई बस स्टैंड वाली अपनी दुकान पर मेरी हजामत या बाल काटने से इनकार कर दे और मैं मुकदमा करने की धमकी दूँ तो वह हाथ जोड़ते हुए कहेगा, 'भाई, मुझे तुम्हारे बाल-दाढ़ी करने में कोई एतराज नहीं, पर मैं करूँगा तो पूरा गाँव दुकान पर आना बंद कर देगा और मेरी रोटी खतरे में पड़ जाएगी।' मैं बात को वहीं बंद कर देता हूँ।

अतः मेरा जीवन सुरक्षित रहे इसलिए मैं यह बात जानबूझ कर मान लेता हूँ। प्रश्न यह है कि क्या सुरक्षा वाला और गुलामी भरा जीवन जीना मुझे मंजूर है? मैं किसी के खेत में मज़दूरी करता हूँ और पूरी मज़दूरी माँगता हूँ, इसमें उसका दया-धरम है या मेरा अधिकार? कोई मुझे कुएँ से पानी भरने दे या न भरने दे, तो क्या उसमें मुझे अधिकार भंग होता दिखाई देता है?

भेदभाव की व्यवस्था भय से जुड़ी हुई है। भेदभाव का प्रभाव मुझे लकवा ग्रस्त बना देता है। यह मुझे दूसरे को निम्न ठहराना सिखाता है। लड़ाई की बुनियाद में भय हो तो उसमें से सयानी-सयानी बातें करना, भाई साब, बापू और बकवास ही निकलती है।

भेदभाव को मैं अपने अधिकार का भंग समझूँ तभी उसमें से सौ टंच सोने जैसा संघर्ष उत्पन्न होता है। यह अधिकार अर्थात् कानून में दिया अधिकार नहीं है। कानून बदल सकते हैं, कानून मरोड़े जा सकते हैं।

अधिकार प्राकृतिक देन है। यह मुझे मेरे जन्म के साथ मिलता है। यह कोई मुझे दे नहीं सकता। जब अधिकार कोई मुझे दे नहीं सकता तो ले कैसे सकता है? अधिकार की लड़ाई भय, डर, असुरक्षा को हिम्मत, जुनून व सुरक्षा में बदल देती है।

प्रकृति ने मुझे जीने के लिए पैदा किया है। मैं स्वतंत्र होने पर ही जीवन को जी सकता हूँ। भेदभाव मेरे शरीर में से प्राण निकाल लेता है। प्राण निकल जाने पर फिर मैं सिर्फ जीने के लिए ही जीता हूँ। जिंदगी जीने का आनंद मुझे मेरा अधिकार ही दिला सकता है।

दलित आंदोलन से जुड़ने वाले सभी लोगों को इस आंदोलन में ग्यारहवाँ कदम रखते समय स्वयं से निम्न प्रश्न पूछना होगा–

– क्या मैं भेदभाव और असुरक्षा की लड़ाई को अधिकार के रूप में देखता हूँ? ...हाँ/ना

12

समानता : जीवन का सच्चा सुख

गौतम बुद्ध ने अपने जीवन भर प्रेम व करुणा का संदेश दिया क्योंकि उसी से जीवन में सुख आता है।

नन्हे बालक को हम डाँट दें, तो फिर उसे मनाने में हमें बहुत समय लगता है। वस्तुतः बालक को भरपूर प्रेम मिलता रहे, तभी उसका स्वस्थ मानसिक विकास होता है।

ऐसा क्यों है कि 50 प्रतिशत दलित बालक और 64 प्रतिशत दलित बालिकाएँ प्राथमिक शिक्षण प्राप्त करने से पहले ही पढ़ाई छोड़ देती हैं? ऐसा इसलिए कि कई बार शिक्षक उनको शाला में दुतकारते हैं। नन्हा बालक शाला में पढ़ने आता है, तो उसे अपने शिक्षक में माँ-बाप नजर आते हैं। पर शिक्षक उन्हें प्रेम न दे तो बालक का दिल टूट जाता है। पढ़ाई में उसका मन नहीं लगता।

प्रेम इस बात का सबूत है कि कोई उसे स्वीकार करता है। मेरा तिरस्कार करे, यह मुझे पसंद नहीं आता, क्योंकि जो मेरा तिरस्कार करता है, वह मुझे मनुष्य नहीं समझता। समाज मेरा स्वीकार करता है तो इससे मेरा आत्मविश्वास बढ़ता है।

जात-पाँत की व्यवस्था ने दलितों की प्रेम व स्वीकार की जरूरतों को ठेस पहुँचाई है। गाँव के बाहर अलग मकान, अलग कुआँ, शाला में अलग बैठक आदि तिरस्कार की आखिरी हद हैं। इससे दलित समाज के सदस्य की सबसे बड़ी जरूरत प्रेम और स्वीकार का पता लगता है।

मैं रामपात्र में चाय क्यों पीता हूँ? क्योंकि इसमें मुझे मेरा स्वीकार दिखाई देता है। मोहल्ले की बातें मैं गाँव में जाकर क्यों कह आता हूँ, क्योंकि इसमें मुझे बापू की तरफ से स्वीकार होता प्रतीत होता है।

प्रश्न यह है कि प्रेम और स्वीकार की जरूरत सभी लोगों को है, या यह

मात्र दलितों को ही है? यदि इनकी जरूरत सिर्फ दलितों को ही है तो यह प्राकृतिक या मनुष्य की बुनियादी जरूरत नहीं कही जाएगी...सच्चाई यह है कि प्रेम व स्वीकार की जरूरत सभी मनुष्यों की एक जैसी है।

जिस प्रकार से रामपात्र में तिरस्कृत होकर चाय पीने में दलित को अपना स्वीकार होता दिखता है, उसी प्रकार जो व्यक्ति स्वयं को मुझसे ऊँचा मानता है, उसकी सारी बातें मैं नीचा मुँह लिए स्वीकार कर लेता हूँ तों उसमें मुझे मेरा स्वीकार होता लगता है।

पर सचमुच में देखें तो दलित-गैरदलित, दलितों में ऊँची-नीची जातियाँ, स्त्री-पुरुष या बालक व शिक्षक के बीच के संबंध हमेशा खिंचे रहते हैं। आमने-सामने दोनों को पता है कि दोनों एक-दूसरे को मजबूरी में ही सहन करते हैं। दोनों पात्रों को पता है कि उनमें एक-दूसरे के प्रति सच्चे प्रेम या स्वीकार की भावना नहीं है।

सच्चा प्रेम तथा व्यक्ति का सच्चा स्वीकार समानता के वातावरण में ही पैदा हो सकता है। मैं अपने बालक को कड़वी बातें कह सकता हूँ, क्योंकि उसके प्रति मुझमें सच्चा प्रेम है।

मैं दूसरे को सच्चा प्रेम व स्वीकार तभी दे सकता हूँ जब मैं स्वयं को और दूसरे को मनुष्य मानूँ। उसी भाँति दूसरा व्यक्ति मुझे सच्चा प्रेम व स्वीकार तभी दे सकेगा कि जब वह मुझे मनुष्य माने।

प्रेम व स्वीकार का आदान-प्रदान एक साथ चलता है। माँ-बाप बालक को प्रेम करते हैं क्योंकि बालक उतना ही प्रेम वापस देता है। मैं बालक को डाँटूँगा तो वह आकर मेरे गले नहीं लिपटेगा।

प्रश्न है : दलित समाज के 78 प्रतिशत लोग खेत मजदूरी पर जीते हैं और उन्हें रात-दिन कड़ी मजदूरी करनी पड़ती है। क्या उनके पास बच्चों को प्रेम करने का समय भी है? अहमदाबाद की बंद मिलों के मजदूर जो मकान बनाने या फुटकर मजदूरी में लगे हैं, जो घर का गुज़ारा नहीं चला सकते और जो अपने दुःख को भुलाने के लिए शराब की लत में पड़ जाते हैं, क्या उनकी मनोदशा बालकों को या खुद को या परिजनों को प्रेम प्रदान करने जैसी रह सकती है? नन्हे बालकों को बूढ़े माता-पिता के सहारे छोड़कर, गाँव छोड़कर वर्ष में छह या आठ महीनों तक मजदूरी की तलाश में दूसरे गाँवों में जाने की जिन्हें जरूरत पड़ती है वे अपने बालकों को या माता-पिता को प्रेम दे सकते हैं?

प्रेम स्वयं को भुलाकर दूसरों की चिंता करने की भावना है। क्या मैं स्वयं को कभी भुला सकता हूँ? जब मेरे हृदय में, मन में, दिल में शीतलता हो तभी

भूल सकता हूँ। जब मुझे हर रोज दूसरों से नीचा होने का व्यवहार झेलना पड़ता है, तो मेरा मन, हृदय और दिल भारी हो जाता है। यह सच है कि दुःख, तनाव और दबाव होता है तभी प्रेम की ज़रूरत पड़ती है।

ऐसा होने का कारण यह है कि जात-पाँत की व्यवस्था असमानता पैदा करती है। हर किसी को वह स्वयं जो श्रम या मेहनत करता है उसके बदले में पर्याप्त मेहनताना नहीं मिलता। यह असमानता चालू रहेगी तब तक भेदभाव चलता रहेगा।

असमानता को दूर करना मेरे हाथ की बात है। शर्त सिर्फ इतनी ही है कि मुझे समानता का मूल्य अपनी ज़िंदगी में स्वीकार करना होगा।

दलितों में उप-जातियों के अलग कुएँ बंद कराना मेरे हाथ में है। अंदर-अंदर रामपात्र को फेंक देना मेरे हाथ में है। मेरे मोहल्ले की स्त्रियों का सम्मान करना मेरे हाथ में है। मेरे मोहल्ले के बच्चों को प्रेम देना मेरे हाथ में है। मेरे वास के बड़े-बुजुर्गों की मान-मर्यादा रखना मेरे हाथ में है।

मुझे मेरे घर मोहल्ले में समानता की बात से दलित आंदोलन का काम शुरू क्यों करना चाहिए? इसलिए बाहर की लड़ाई आसान है। भीतर की लड़ाई मुश्किल है। अंदर की लड़ाई को जीत सकूँगा तो बाहर की लड़ाई बहुत आसान हो जाएगी।

एक बार समानता का स्वाद चख लेने के बाद इसका चस्का मुझे चैन से नहीं बैठने देता। ऐसा इसलिए कि समानता जीवन जीने का सच्चा सुख उत्पन्न करती है। दलित आंदोलन में बारहवाँ कदम रखते समय मुझे स्वयं से यह प्रश्न पूछने की आवश्यकता है।

– क्या मैं अपने जीवन, घर और गाँव में सच्चा सुख उत्पन्न करने के लिए समानता लाने का कार्यक्रम हाथ में लेना चाहता हूँ? ...हाँ/ना

13

स्वाभिमान : कोख का रत्न

एक दलित व गरीब माँ को अपनी बेटी या बेटे को एक सलाह देनी हो तो क्या देती है?

'बेटे, मेरी कोख को मत लजाना'

जब उसकी बेटी या बेटा कहने में नहीं रहता, स्वयं उसे जिस संस्कार में पालना चाहती थी, उसके मुताबिक विकास न करे तो यही माँ दिल का गुब्बार कैसे निकालती है?

'तेरी जगह मेरी कोख से पत्थर निकला होता तो अच्छा होता।'

माँ की कोख, मेरे जीवन के शुरुआत का वातावरण है। मेरे जीवन की शुरुआत इस आजादी के वातावरण में हुई। माँ की कोख में था, तब कोई भेदभाव न था। न बेटे-बेटी का न ही जात-पाँत का। माँ की कोख ने मुझे जो आजादी दी थी, मैं उसे जीवन भर सँभाल कर रखूँ तो कहा जाएगा कि मैंने माँ की कोख को ऊँचा किया। आजादी में जन्मा मैं गुलाम की तरह मरूँ तो यही कहा जाएगा कि मैंने माँ की कोख को लजाया।

हम छोटे थे तब एक गीत सुनते थे।

'बालक बोले पहला अक्षर माँ, माँ, माँ।
बालक बोले अंतिम अक्षर माँ, माँ, माँ।'

मेरी माँ के साथ मेरा इतना नजदीक का संबंध कैसे है? जीवन की किसी भी उम्र में मैं दुःख में होऊँ, बीमार होऊँ तो मेरे मुँह से 'माँ' शब्द कैसे निकल आता है? इसका कारण यह है कि मेरी माँ ने अपनी कोख में मेरा सर्जन ही नहीं किया, वरन् एक स्वतंत्र व्यक्ति के रूप में उसने मुझे इस दुनिया में जन्म भी दिया है।

अफ्रीका महाद्वीप के एक देश में गोरी जनता जिन काले लोगों को गुलाम बनाना चाहती थी, उसे एक जुझारू नेता ने कहा—'जिस माँ ने मुझे एक आजाद व्यक्ति के रूप में पैदा किया उसे गुलाम बनाने का तुम्हें क्या अधिकार है?'

आजादी और स्वाभिमान एक-दूसरे में ओतप्रोत हैं। आजादी के बिना मेरा स्वाभिमान नहीं रह सकता, और स्वाभिमान की भूख न जागे तो मैं अपनी आजादी गँवा देता हूँ। स्वाभिमान मेरे रक्त के लाल रंग के बराबर है। यह न हो तो शरीर फीका पड़ जाता है। जिनमें स्वाभिमान नहीं होता उनके मुख पर से मक्खी तक नहीं उड़ती।

दलित आंदोलन का आधार स्वाभिमान है। गरीब हो या धनी, स्त्री हो या पुरुष, शिक्षित हो या शिक्षा से वंचित, सभी के लिए स्वाभिमान हासिल करना संभव है। इसका कारण यह है कि स्वाभिमान पैदा करने के लिए पैसे, जान-पहचान या सत्ता की जरूरत नहीं पड़ती। स्वाभिमान बनाए रखने के लिए जरूरत इतनी ही है कि मैं स्वयं खुद को इज्जत के साथ देखूँ। मैं स्वयं को मनुष्य के रूप में स्वीकार करूँ।

जात-पाँत की व्यवस्था ने ऊँच-नीच की व्यवस्था को कायम रखने के लिए एक गलत शिक्षण और प्रचार खड़ा किया। उसने यह सिखाया कि जो ऊँची जाति का होगा, उसी में स्वाभिमान होगा। जब तक हम गलत प्रचार को मानते रहेंगे, तब तक ऊँच-नीच का भेदभाव जारी रहेगा।

स्वाभिमान जंगली बबूल नहीं कि जो अपने आप उग जाए। स्वाभिमान आम के पेड़ जैसा होता है। गुठली बोने के साथ उसकी हिफाजत करनी पड़ती है। पौधे के चारों ओर गोला बनाना पड़ता है, उसे खाद देनी पड़ती है, कीड़े लग जाएँ तो दवा डालनी पड़ती है और पानी देना पड़ता है, और कोई इसके फल न चुरा ले, इसके लिए तने के चारों ओर कांटेदार बाड़ लगानी पड़ती है।

जंगली बबूल को हम खेत में से उखाड़कर फेंक देते हैं। आम को हम नहीं फेंकते। पैसे, सत्ता, स्वयं को दूसरों से ऊँचा मानने की भावना जंगली बबूल पैदा कर सकती है, आम नहीं।

स्वाभिमान हमेशा मेरे खून में रहता है, चाहे मैं अकेला रहूँ या किसी के साथ। सूरज कभी-कभी बादलों से ढँक दिया जाता है, पर थोड़ी ही देर के लिए। पर स्वाभिमान की परीक्षा दो व्यक्ति मिलते हैं तब होती है। दो व्यक्ति एक-दूसरे को सच्चे दिल से सम्मान दें तभी दोनों के स्वाभिमान की रक्षा होती है। ऊँच-नीच के भेदभाव को मानने वाले सभी व्यक्तियों फिर भले ही वे स्वयं को दूसरे से ऊँचा मानते हों या नीचा, उन सब के लिए स्वाभिमान संभव नहीं। यदि वे अपनी मान्यता

को बदलें, स्वयं को मनुष्य मानें, दूसरे सबको मनुष्य मानें और उनके साथ मनुष्य जैसा व्यवहार करें तभी उनका स्वाभिमान सुरक्षित रह सकता है। मनुष्य जैसा व्यवहार अर्थात् मेरे साथ दूसरे को कैसा व्यवहार करना चाहिए, जिससे मेरा अभिमान नहीं पर मान सुरक्षित रहे।

दलित आंदोलन में समानता के संघर्ष में हम कभी-कभी निराश हो जाते हैं। हम ऐसा मान लेते हैं कि जब तक हमारे पास, जिन्हें ऊँचा मानते हैं, उनके बराबर पैसे, सत्ता, प्रतिष्ठा होगी, तब तक हम लड़ नहीं सकेंगे। ऐसा ज्ञान हमें किसने दिया? अपनी माँ की कोख से मैंने यह सीखा या जात-पाँत की व्यवस्था ने मुझे जो मदिरा पिलाई, उसके नशे से मैंने यह सीखा है।

सच्चाई यह है कि स्वाभिमान पैसे, सत्ता, या सामाजिक प्रतिष्ठा से नहीं खरीदा जा सकता। अतः अपने स्वाभिमान को सहेजे रखना मात्र मेरे हाथ की बात है। इतनी बात तय है कि स्वाभिमान के बिना स्वतंत्रता संभव नहीं। स्वाभिमान के बिना समानता संभव नहीं। स्वाभिमान के बिना सुख संभव नहीं। स्वाभिमान के बिना मनुष्यता संभव नहीं।

चयन मेरा है, स्वाभिमान के बिना दलित आंदोलन संभव नहीं है। दलित आंदोलन के सदस्य के रूप में उसमें तेहरवाँ कदम रखते समय मुझे स्वयं से कुछ प्रश्न पूछने की जरूरत है–

– क्या मुझे अपनी माँ की कोख को ऊँचा करना है? ...हाँ/ना
– क्या मुझे माँ की कोख लजानी है? ...हाँ/ना
– क्या मुझे अपनी माँ की कोख का रत्न बनना है? ...हाँ/ना
– क्या मुझे अपनी माँ की कोख का पत्थर बनना है? ...हाँ/ना

मैं यह मानता हूँ कि–

– क्या मेरा स्वाभिमान मुझे स्वयं पैदा करना होगा? ...हाँ/ना
– क्या मेरे स्वाभिमान की रक्षा मुझे स्वयं करनी पड़ेगी? ...हाँ/ना
– यदि मेरा स्वाभिमान मिट जाए तो क्या मैं मनुष्य नहीं रहूँगा? ...हाँ/ना
– स्वाभिमान पैसे या किसी जाति से पैदा नहीं होता? ...हाँ/ना
– स्वाभिमान के बिना समानता का संघर्ष संभव नहीं है? ...हाँ/ना
– स्वाभिमान के बिना जिंदगी में सुख नहीं आता? ...हाँ/ना
– जीवन में स्वाभिमान की कीमत पर किसी के साथ कोई समाधान नहीं हो सकता? ...हाँ/ना

14

ऊँची जाति का मनुष्य और ऊँचा मनुष्य

मैं आँखें बंद करके, अपने अनुभव के आधार पर इसकी कल्पना करूँ कि एक ऊँची मानी जाने वाली जाति का मनुष्य कैसा होता है तो मेरे मन में कैसा चित्र निर्मित होता है? अशिष्ट भाषा वाला, घमंडी, राजनीतिज्ञों जैसा धूर्त, दादागिरी वाला, ज्यादा काम करवाकर कम पैसे देने वाला, छू जाने से भ्रष्ट हो जाएगा ऐसे भय से सतत प्रपीड़ित, मनुष्य को मनुष्य न मानने वाला, उसकी बेटी या पत्नी निम्न जाति वाले से संबंध बना ले तो आत्महत्या के भय से शांतिपूर्वक नहीं सो सकने वाला, खुद की जाति के कुएँ में पानी खत्म हो गया हो तो कोई देख नहीं ले इसलिए रात के अँधेरे में दलित के कुएँ से छिपकर भरने वाला–सामान्यतया ऐसा चित्र निर्मित होता है।

दूसरी तरफ हम ऐसे अनेक लोगों को देखते हैं, जिनको श्रेष्ठ मनुष्य कहा जाता है। ये कैसे मनुष्य होते हैं? ये दूसरों के दुःख से दुःखी होते हैं, किसी निर्दोष को नहीं सताते, प्रत्येक मनुष्य को प्रेम से बुलाते हैं, मान से बुलाते हैं, हमेशा दूसरों की मदद करते हैं, हमेशा गरीब और शोषित का पक्ष लेते हैं, स्त्रियों की इज्जत करते हैं, सत्य के लिए कोई भी कीमत चुकाते हैं, इनकी जिंदगी में भय नामक चीज नहीं होती, ऐसे मनुष्य होते हैं। ऐसे मनुष्य इतिहास में उँगलियों पर गिने जा सकें उतने ही पैदा होते हैं।

ऊँची जाति के मनुष्य और ऊँचे मनुष्य में जमीन-आसमान का फर्क होता है। वस्तुतः इन दो प्रकार के मनुष्यों की तुलना ही हो नहीं सकती। इस दुनिया में जन्म लेने वाले सभी मनुष्यों की इच्छा श्रेष्ठ मनुष्य बनने की होती है। यह ऊँचाई मुझे लोग देते हैं। ऊँचे मनुष्यों के पीछे लोग कुर्बान होने को क्यों तैयार हो जाते हैं? ऐसा इसलिए कि ऊँचे मनुष्य हमें जीवन में सुखी होने की प्रेरणा देते हैं।

ऊँचा मनुष्य बनने को निकले अधिकांश लोगों के सामने जब अपने विचारों, मूल्यों, वाणी, व्यवहार बदलने की बात आती है तो वे ढीले पड़ जाते हैं। वे स्वाभिमान और अभिमान के बीच चुनाव नहीं कर सकते। वे स्वाभिमान और असमानता के बीच चुनाव नहीं कर सकते। वे स्वयं को मनुष्य के रूप में नहीं देख सकते। वे संघर्ष किए बिना शीघ्रातिशीघ्र और छोटे-से-छोटे रास्ते से ऊँचा बनने की कोशिश करते हैं और मान लेते हैं कि यदि साम, दाम, दंड, भेद से अपनी जाति को ऊँची बना दूँ तो जन्म लेने के साथ ही मरने तक किसी तरह का संघर्ष किए बिना मैं और मेरी आने वाली तमाम पीढ़ियों के सदस्य ऊँचे बन जाएँ।

मनुष्य की ऊँचाई उसकी जाति से नहीं वरन् उसके मूल्यों, विचारों, भाषा, व्यवहार तथा आचरण से तय होती है। अहमदाबाद में मैं एक वकील को जानता हूँ। उसकी मासिक आम 50,000 रुपए से अधिक होगी। उसकी दो बहनें डाक्टर हैं और दूसरा भाई भी धंधे में अच्छी कमाई करता है। चार भाई-बहनों के बीच एक 90 वर्षीय विधवा माँ है। पर कोई भी संतान माँ को अपने पास नहीं रखना चाहती। अतः माँ किसके कितने दिन रहेगी यह तय किया गया है और हरेक बेटा-बेटी माँ से आज भी उसे खिलाने के पैसे माँगते हैं। इस परिवार की पहचान समाज में 'ऊँची जाति' के रूप में है।

हमारे गाँवों में पड़ोस के मकान के माता-पिता मज़दूरी पर गए हुए हों तो उनके बच्चे कभी भूखे नहीं मरते। कोई बूढ़ा अकेला हो तो सभी उसकी सेवा करते हैं। मैंने ऐसे उदाहरण देखे हैं कि जहाँ कोई स्त्री मजदूरी पर गई हो और उसका बच्चा रोने लगा हो तो पड़ोस के परिवार की स्त्री उसे अपना दूध पिलाती है और अपने बच्चे को पालने से हटा कर उसके बच्चे को सुलाती है। ऐसी मनुष्यता वाले मनुष्य 'नीचे' समझे जाते हैं।

मनुष्य की ऊँचाई उसकी जाति से तय नहीं होती। अंबेडकर ने जिस शिक्षक से जाति-नाम प्राप्त किया था, वे ब्राह्मण शिक्षक थे। ज्योतिबा फुले स्वयं अस्पृश्य समझी जाने वाली जाति के नहीं थे पर उन्होंने दलित बालकों को पढ़ाने की शुरुआत की। गेपमाया ने पूरे राज्य को मौत से बचा लिया था, उसकी जाति को कोई ऊँची नहीं मानता था। सफाई कर्मचारी को नरक जैसे काम में से बचाने का सबसे बड़ा काम गुजरात में मामा पड़के ने किया। लोगों के भारी विरोध के बीच साबरमती आश्रम में दलित परिवार को साथ रखने की शुरुआत गाँधीजी ने की। दुनिया का उत्तम संविधान भारत को अंबेडकर ने दिया।

कोई पूछे कि इतनी तमाम बातों का समाज में बोलबाला क्यों नहीं है? इस प्रश्न का उत्तर भी आसान है। इन बातों का बोलबाला अगर बढ़ जाए तो जाति

के आधार पर ही मनुष्य को ऊँचा व नीचा गिने जाने का जो प्रपंच, या षड्यंत्र गढ़ा गया है, और जिसके आधार पर मुट्ठी भर लोग राज करके सारी सत्ता या संपत्ति हड़प रहे हैं, क्या वह अधिक समय तक चल सकता है?

मानव जीवन का ध्येय ही प्रगति करने का है। प्रगति मुझे समाज में मान, मर्तबा, गौरव व प्रतिष्ठा प्रदान करती है। एक दलित के रूप में प्रगति को व ऊँचाई को प्राप्त करना मेरा अधिकार है। प्रश्न यह है कि क्या मुझे ऊँचाई को जाति के साथ जोड़ना है या ज्ञान, मूल्यों, भावना व श्रेष्ठ कर्मों के साथ?

दलित आंदोलन की सफलता की बुनियाद उसमें जुड़ने वाले सदस्यों की ऊँचाई के साथ हैं, उज्ज्वल व्यक्तित्व के साथ है और उजले व ऊँचे विचारों के साथ है, दलित आंदोलन के इतिहास की छानबीन करेंगे तो ज्ञात होगा कि उसकी नींव में फुले, अंबेडकर, पेरियार, नारायण गुरु, संत कबीर जैसे ऊँचे व्यक्तित्व का योगदान अत्यंत महत्त्वपूर्ण रहा है।

दलित आंदोलन से जुड़े सभी सदस्य ऊँचाई प्राप्त कर सकें, इसके लिए दलित आंदोलन में चौदहवाँ कदम उठाने से पहले कुछ प्रश्न मुझे स्वयं से पूछने होंगे :

– क्या मैं यह मानता हूँ कि मनुष्य की ऊँचाई उसकी जाति में से पैदा नहीं होती? ...हाँ/ना
– क्या मैं यह मानता हूँ कि जो लोग जाति में अपनी ऊँचाई देखते हैं, वे अपने विकास के लिए संघर्ष करने की शक्ति खो बैठे हैं? ...हाँ/ना
– क्या मुझे जाति में ऊँचाई खोजने निकल तथा रास्ते में मनुष्यता खो बैठा व्यक्ति बनना है? ...हाँ/ना
– क्या मुझे उत्तम विचारों, मूल्यों तथा काम से ऊँचा बनना है? ...हाँ/ना

15

भय अर्थात् मिट्टी : इससे कीचड़ भी बनता है और शानदार बहुमंजिला घर भी

लगभग तीन वर्ष पहले की घटना है। सुरेंद्रनगर के एक गाँव से खबर आई कि गाँव के ठाकुर ने एक दलित भाई के साथ बहुत मारपीट की। 'नवसर्जन' का कार्यकर्ता गाँव में गया और उस भाई को बड़े परिश्रम से हिम्मत दिलाकर मुकदमा करने के लिए तैयार किया। दोनों बस अड्डे पर बस का इन्तजार कर रहे थे तभी उस दलित भाई ने कार्यकर्ता से कहा—'मैं जरा गाँव में जाकर ठाकुर से पूछ आता हूँ कि मुकदमा करूँ या नहीं।' कार्यकर्ता को लगा कि धरती फट जाए तो उसमें समा जाऊँ। जिस ठाकुर ने मारपीट की, मुकदमे के लिए उसी ठाकुर की इजाजत लेनी होगी? पर उसने धीरज से दलित भाई को कहा—'जाओ पूछ आओ।' दलित भाई गया तो ठाकुर सो रहा था। बा ने कहा—'शाम को आना। अभी तो दरबार सोए हुए हैं।' कार्यकर्ता और दलित भाई वापस आ गए। शाम को फिर दलित भाई ठाकुर की इजाजत लेने गया तो पता लगा कि ठाकुर तीन-चार दिनों के लिए गाँव से बाहर गया है। वह मुकदमा कभी शुरू नहीं हुआ।

मनुष्य माँ की कोख से जन्म लेता है। पक्षी अंडे में से जन्म लेते हैं। पौधा बीज से पैदा होता है। गरमी सूर्य में से पैदा होती है। भय कहाँ से पैदा होता है?

जब मनुष्य, पशु या पक्षी के मन में असुरक्षा पैदा होती है, तब भय पैदा होता है। अतः दो मनुष्यों में एक जैसी परिस्थितियों में भय पैदा नहीं होता। भय असुरक्षा का प्रतिबिंब है। असुरक्षा से भय पैदा होता है और असुरक्षा के समाप्त होने पर भय भी समाप्त हो जाता है।

भय क्या करता है? घड़ी के छठे भाग में यह शरीर के रोंगटे खड़े कर देता है। भय न मानने जैसी शारीरिक शक्ति पैदा कर देता है। अपंग आदमी के पीछे बाघ पड़ जाए तो वह ऐसी गति से दौड़ने लगता है जैसे जिंदगी में कभी न दौड़ा

हो। भय हमसे जो चाहे करा सकता है। भय कई बार मनुष्य की शक्ति, आत्मविश्वास, आजादी, स्वाभिमान को समाप्त कर देता है। भय मनुष्य को अपनी परिस्थिति का गुलाम बना लेता है।

जीवित और समझ वाले सभी पशु, प्राणी, व्यक्तियों को भय लगता है। भय प्राकृतिक रचना है। जब मस्तिष्क को लगता है कि ज़िंदगी के समक्ष खतरा खड़ा हो गया है तो यह हमें खतरे से दूर भागने को मजबूर करता है, अतः मैं जीवित रह सकता हूँ। भूकंप आने के बाद कुछ दिन तक घर में कोई नहीं सोया, फिर चाहे वह गरीब हो, या धनवान हो, स्त्री हो या पुरुष, दलित हो या गैर-दलित।

पर भय की मात्रा सब में बराबर नहीं होती। बंदर पीछे पड़ जाता है तो कोई आदमी भाग जाता है, कोई छिप जाता है तो कोई हाथ में लकड़ी लेकर सामने खड़ा हो जाता है और बंदर को भगा देता है। अतः भय प्रकृति की रचना है। यह मनुष्य तय करता है कि भय लगे तो क्या उसे करना चाहिए।

एक दलित और गरीब व्यक्ति के जीवन में या एक शोषित व्यक्ति के जीवन में जबरदस्त असुरक्षा होने पर भय भी बहुत ज्यादा देखने में आता है। इसलिए हमें गुलामी में से निकलकर स्वतंत्र बनना हो तो असुरक्षा के स्टेशन से सुरक्षा के स्टेशन की तरफ यात्रा शुरू करनी पड़ती है। माता के गर्भ से बाहर निकलने के साथ बालक हाथ-पैर हिलाकर, आँखें खोलकर, मुट्ठियाँ भींच कर रोना शुरू कर देता है। इसका कारण यह है कि वह माता की कोख में एकदम सुरक्षा का अभ्यस्त था, वह अब बाहर की दुनिया में एकाएक नई हवा, नए वातावरण, सूर्य के प्रकाश, वातावरण के जीव-जंतुओं के संपर्क में आता है। धीरे-धीरे वह अभ्यस्त होता है और वातावरण के साथ हिलमिल जाता है।

असुरक्षा में से सुरक्षा उत्पन्न कर पाना संभव है। प्रकृति ने असुरक्षा के विरुद्ध लड़ने की शक्ति भी सबको बराबर प्रदान की है। यह सही है कि असुरक्षा के स्टेशन से गाड़ी पकड़कर यात्रा शुरू करने पर भय बढ़ता है, क्योंकि जितने स्टेशन रास्ते में आएँगे, वे सब मेरे लिए नए होते हैं। असुरक्षा के शहर में चाहे जो हो, मैं अभ्यस्त हो चुका था। असुरक्षा के स्टेशन से शुरू की गई यात्रा मैं सुरक्षा के स्टेशन तक करना चाहूँ तो मुझे अपने भय के साथ चलना पड़ता है और उसका हल भी तलाश करना पड़ता है।

मुझे पता है कि साँप काट ले तो मरना तय है। यह भी मुझे पता है साँप के ज़हर को उतारकर जीना हो तो ज़हर उतारने की दवा साँप के जहर से बनती है अर्थात् मनुष्य साँप का भय कम करके, साँप की मर्यादाओं का अध्ययन करके उसे जिंदा पकड़कर उसकी दाढ़ में से ज़हर निकालकर उससे दवा बनाना सीख लेता है।

यानि जो भय मुझे असुरक्षित परिस्थिति से दूर भगा रहा है, वही भय मुझे असुरक्षित परिस्थिति पर विजय प्राप्त करने की प्रेरणा व शक्ति भी देता है। अतः भय मनुष्य की हमेशा की कमजोरी नहीं, वरन् असुरक्षा में से सुरक्षा की तरफ ले जाने वाली प्रेरणा भी है।

अन्याय, अत्याचार और भेदभाव भोगने वाले व्यक्ति के लिए आजादी प्राप्त करने के दो मार्ग हैं। एक, जो व्यक्ति मुझ पर अन्याय करता है, अत्याचार करता है, मेरे प्रति भेदभाव का व्यवहार करता है, उसकी हत्या करके उसका अस्तित्व ही समाप्त कर दूँ। अथवा जो व्यक्ति अत्याचार, भेदभाव रखता है, उस पर अपनी शक्ति से छा जाऊँ और उसका ज़हर चूस कर उसे नए ढंग से जीवित कर दूँ।

ये दोनों रास्ते मनुष्य तब से काम में लाता रहा है, जब से मानव समाज की रचना हुई है। मैं जो मार्ग पसंद करता हूँ, वैसे ही परिणाम उत्पन्न होते हैं। रक्तपात, हिंसा और हत्या द्वेष-वैर को बढ़ाते हैं और असुरक्षा को दोनों पक्ष चालू रखते हैं। बिहार में दलित जाग्रत हुए तो उनकी जागृति से डर कर जमींदारों ने निजी फौज खड़ी करके दलितों की सामूहिक हत्या करना शुरू कर दिया। जमींदारों का ख्याल था कि दलितों की हत्या होगी तो वे चुप हो जाएँगे, पर उनकी गणना गलत साबित हुई। दलितों ने जमींदारों की हत्या करना शुरू कर दिया। दलितों का ख्याल था कि जमींदारों की हत्या होगी तो वे शांत हो जाएँगे, पर उनकी गणना भी गलत रही। अब बिहार में दोनों पक्षों में असुरक्षा, भय और हिंसा बढ़ रही है।

1975 में भाल के गाँवों में खेत-मजदूरों की सरकारी मजदूरी ग्यारह रुपए थी, पर दलितों को मिलता था डेढ़ रुपया। दलित महिला की इज्जत सुरक्षित न थी। युवक गाँव के चौक से साइकिल पर बैठकर नहीं निकल सकते थे या अपने बाल नहीं सँवार सकते थे। ठाकुर पैर का जूता निकालकर वार करता तो दलित जूते को पोंछकर वापस लौटाते थे। दलित जाग्रत हो गए, मजदूरी डेढ़ रुपए से बढ़कर 1990 में पैंसठ रुपए हो गई। वर्षों से हदबंदी में मिली जमीनें दलितों ने आगे बढ़कर खरीदीं।

जो अपनी जाति को 'ऊँची' की छाप लगवाकर 'ऊँचे' बनने चले थे वे सब सन्न रह गए। सन् 1986 में उन्होंने चार दलितों की हत्या करी। गोलाणा में उन दिनों क्रांतिकारी और जोश से लबालब दलित युवकों के टोले आए और ठाकुरों को समाप्त कर देने को उद्यत हुए।

पर गोलाणा के दलितों ने अलग मार्ग पकड़ा। वे पैसों, लालच व शर्म से नहीं माने। कोर्ट में लड़े। 14 जनों को उम्र कैद कराई। सुप्रीम कोर्ट में केस चला। उनके वकील ठाकुर थे, पर उन्होंने ठाकुरों का केस गुप्त में लड़ने से इनकार कर

दिया। ठाकुरों की जमीनें बिक गईं, राइस मिलें बिक गईं और जो मालदार असामी थे, वे मजदूर हो गए। उम्र कैद में 14 बरस जेल में बिताए, इस बीच उनकी स्त्रियों की हालत और इज्जत दोनों खराब हुई। अंत में उन्होंने दलितों को हाथ जोड़े। दलित सुरक्षित हुए और ठाकुर दलितों से असुरक्षा में से सुरक्षा की तरफ जाने की यात्रा का नक्शा समझने लगे।

दलित आंदोलन असुरक्षा और भय की गुत्थी में उलझ गया है। उसको नया मार्ग मैं ही सुझा सकता हूँ। यह कैसे हो सकेगा? अपनी स्वयं की असुरक्षा और भय को समझकर मैं यह रास्ता सुझा सकता हूँ। असुरक्षा के स्टेशन से सुरक्षा के स्टेशन की तरफ यात्रा करके। यह यात्रा शायद मैं अकेला शुरू करूँगा, पर निश्चय ही रास्ते में हरेक स्टेशन पर यात्रा करने के लिए मेरे साथी डिब्बे में जरूर चढ़ेंगे।

भय मिट्टी जैसा है। इसे हमेशा की कमजोरी मानूँ और इससे दबा रहूँ तो मेरा विकास अटक जाता है। भय का उल्टा असर मेरे जीवन में कीचड़ पैदा करता है। पर मैं भय के साथ रिश्ता बनाकर, इसे पालतू कुत्ते की तरह पाल लूँ तो अपनी स्वतंत्रता प्राप्त कर लेता हूँ, अपनी सुरक्षा बना लेता हूँ। माना मिट्टी से सुंदर मकान बन गया हो।

दलित आंदोलन के उत्तरदायी सदस्य और नेता के रूप में आंदोलन में पंद्रहवाँ कदम रखते हुए मुझे स्वयं से कुछ प्रश्न पूछने पड़ेंगे। मेरा उत्तर दूसरों के लिए प्रेरक बन जाएगा–

– क्या मैं भय से दब जाना चाहता हूँ? ...हाँ/ना

– क्या मैं भय को पालना चाहता हूँ? ...हाँ/ना

– क्या मैं असुरक्षा में से सुरक्षा की तरफ जाना चाहता हूँ? ...हाँ/ना

16

सच क्या है?
हाथी और चार अंधे लोगों की कहानी

एक राज्य में सभी अंधे लोग रहते थे। उस राज्य के राजा को समाचार मिला कि पड़ोस के राज्य में हाथी आया है। उसके राज्य में किसी ने हाथी को देखा नहीं था। अतः राजा ने अपने चार विश्वस्त, निजी और बुद्धिशाली समझे जाने वाले लोगों को खोज निकालने भेजा कि हाथी कैसा होता है? चारों अंधे अच्छे मित्र थे। उन्होंने हाथी को समझना शुरू किया। वे हाथी के शरीर पर हाथ फेरने लगे। एक अंधे आदमी के हाथ में हाथी का पैर आया। दूसरे के हाथ में पेट, तीसरे के हाथ में पूँछ और चौथे के हाथ में हाथी का कान आया। उन्होंने जाँच पूरी कर ली और दरबार में जाकर राजा को समाचार दिया। एक अंधे ने कहा, 'हे राजाजी, हाथी खंभे जैसा है।' यह सुनने के साथ ही दूसरा अंधा बोला, 'नहीं राजाजी, यह बात सच नहीं है। हाथी तो सूप जैसा होता है।' इस पर तीसरा आदमी चिढ़कर बोला, 'राजा भैया ये दोनों झूठे हैं। हाथी न तो खंभे जैसा, न ही सूप जैसा है। हाथी तो विशाल पीपे जैसा है।' अब चौथा आदमी अपना धीरज खो बैठा। उसने हाथी की पूँछ पकड़ी थी। वह लाल-पीला होकर बोला, 'सुन लो सभी! मैंने हाथी को अपने हाथ से पता लगाकर देखा है। इन तीनों को पता नहीं चलता। उन्होंने अच्छी तरह से जांच-पड़ताल नहीं की। सही जानकारी मेरे पास ही है। हाथी तो एक छोटे-से मोटे रस्से जैसा है।' हाथी तो एक तरफ रह गया और भारी विवाद शुरू हो गया। जिंदगी भर जो अच्छे मित्र थे, वे अब चारों अंधे एक-दूसरे से अलग हो गए। उन्होंने हाथी कैसा है, इसे लेकर अपनी बात अलग-अलग फैलानी शुरू कर दी और आगे चल कर उन्होंने चार पक्ष स्थापित किए।

क्या ये चारों व्यक्ति झूठ बोलते थे?

नहीं, वे सच बोलते थे। उनके हाथ जहाँ-जहाँ फिरे उसी के आधार पर उन्होंने मन में हाथी का चित्र बना लिया था। उनका अनुभव सच्चा था।

इन चारों सच्चे व्यक्तियों की बात किसलिए झूठी रही?

सिर्फ इसलिए कि इन चारों व्यक्तियों के हाथ में हाथी के शरीर का अलग-अलग भाग आया था। उनके अनुभव भिन्न थे।

ये चारों मित्र एक-दूसरे से किसलिए अलग हो गए?

इसलिए कि उन्होंने एक-दूसरे के अनुभव नहीं बाँटे। खुद को जो लगा, उसी को संपूर्ण मान लिया। उनका अनुभव भिन्न था, पर हरेक ने सिर्फ अपने अनुभव को ही सच मान लिया। कारण यह कि उन्हें एक-दूसरे के अनुभव का पता नहीं था।

क्या ये चारों व्यक्ति मन से अंधे थे?

वस्तुतः नहीं थे। खुद की ही बात सच है, इस प्रकार मान लेने और दूसरों को भी वैसा मनाने के जुनून ने उन्हें मन से अंधा बना दिया।

क्या ये चारों व्यक्ति सच्चा हाथी खोज सके?

नहीं, वे नहीं खोज सके, फिर भी वे जीवन भर यही मानते रहे कि सत्य का अकेले मुझे ही पता है।

क्यों ये लोग हाथी के शरीर के एक ही भाग से चिपके रहे, दूसरे भाग पर हाथ क्यों नहीं फेरा?

क्योंकि वे मानते थे कि वे सत्य को घड़ी के छठे भाग में, चुटकी बजाते खोज सकते हैं। पहली ही नजर में पता लग जाता है कि सच क्या है?

समाज व्यवस्था, जात-पाँत की व्यवस्था, मनुष्य के आचार-व्यवहार, दलित आंदोलन को समझने और उसका हल खोजने निकले हम सभी उन अंधों के उत्तराधिकारी हैं। पहली नजर में हमें जो दिखता है, उसे ही हम सौ टंच का सोना मान लेते हैं। एक बार हमने जिसे सच मान लिया, उसमें बदलाव करना नहीं चाहते। अपनी बात में हम पागल हो जाते हैं और जिसकी बात हमसे भिन्न होती है, उसे हम झूठा और दुश्मन मान बैठते हैं।

मामूली पढ़े हुए दूसरे को अनपढ़ मानते हैं। युवक वृद्ध लोगों को पागल और नासमझ गिनते हैं। पुरुष स्त्री को बुद्धिहीन गँवार समझते हैं और सभी एक गाँव में, एक मोहल्ले या घर में रहते हुए भी अपनी अलग दुनिया में रहते हैं। इसीलिए हम सभी का संघर्ष एक-जैसा होते हुए भी, परिस्थिति को हम एक-जैसा न समझने के कारण जब लड़ने निकलते हैं तो 'कुत्ता खींचे गाँव तरफ, सियार खींचे सीम तरफ' की कहावत चरितार्थ होती है।

प्रश्न यह है कि हमें पहली नजर में क्या दिखता है क्या सबको एक जैसा

दिखता है? नहीं, पहली नजर में सबको एक ही वस्तु सामने पड़ी हो तब भी अलग-अलग दिखती है। ऐसा क्यों होता है?

आँख हमें प्रकृति ने दी है, पर आँख से क्या देखा जाए, यह हमारा मस्तिष्क तय करता है। हम बातचीत में कहते हैं कि दो आदमियों के दिमाग एक-जैसे नहीं होते। ऐसा इसलिए कहते हैं क्योंकि मस्तिष्क सभी को प्रकृति ने दिया है, पर उस मस्तिष्क में क्या विचार भरे जाएँ, यह हम तय करते हैं। हमारे विचार, उनसे उपजती भाषा, उसमें से उभरता व्यवहार, उसमें से निकलती नजर अलग-अलग होने से सभी के मस्तिष्क अलग हो जाते हैं।

आँख द्वारा मस्तिष्क क्या देखता है? मस्तिष्क सबसे पहले वही वस्तु देखता है, जिसमें अपना हित होता है। एक मकान के आगे सभा होती हो, तो वहाँ समूह में जो चप्पल-बूट का धंधा करने वाला होगा, उसकी नजर मकान के बाहर बूट-चप्पलों के ढेर पर पहले पड़ती है। इंजीनियर की आँखें मकान की डिज़ाइन पर पड़ती हैं। नेता की नज़र माइक पर पड़ती है।

अतः मुझे सत्य समझना हो तो दो वस्तुएँ समझनी होंगी। मेरे साथ जितने लोग हैं, उन सभी का हित क्या है, यह समझना होगा और सभी लोगों के अनुभव भिन्न होने से सभी के अनुभव समझने होंगे। जितने ज्यादा लोगों से मैं मिलूँगा और जितनी सारी बातें व अनुभव सुनूँगा, उतनी ही सत्य की मेरी समझ बढ़ेगी। और जितनी मेरी समझ विशाल बनेगी उतना ही मेरा संघर्ष प्रभावशाली बनेगा।

मैं डॉक्टर के पास अपनी बीमारी का इलाज कराने जाता हूँ और मुझे सिर्फ हल्के ज्वर की शिकायत हो तब भी डॉक्टर बुखार नापता है, आँखें देखता है, मुँह खुलवाकर बैटरी से देखता है। रक्तचाप, हृदय की धड़कन मापता है। लोही-पेशाब-मल की जाँच करवाता है और अगर ऐसा करने पर भी मंद ज्वर की जड़ उसकी समझ में न आए तो एक्स-रे कराता है, सोनोग्राफी करता है और शरीर के एक-एक अंग और उसकी गतिविधि जाँचता है। ऐसा करके डॉक्टर रोग का मूल कारण खोज सकता है और तभी रोग का असरदायी इलाज ढूँढ़ सकता है।

अंबेडकर ने स्वयं सार्वजनिक जीवन में, दलित आंदोलन में काम करना शुरू किया था, उसके कई वर्षों बाद 'शिक्षित बनो, संगठित बनो, संघर्ष करो' नामक सूत्र दिया था। वे हजारों, लाखों लोगों के संपर्क में आए, दुनिया के अलग-अलग कोनों में चले सामाजिक आंदोलनों का उन्होंने अध्ययन किया और यों करते-करते उनकी व्यापक समझ बनी, जिसमें से यह संदेश बाहर आया।

दलित आंदोलन में जुड़ने वाले प्रत्येक व्यक्ति को यह मानना पड़ता है कि उसके पास परिस्थिति की जो समझ है, वह संकीर्ण है, सीमित है। यह बात हमें

स्वीकार करनी पड़ेगी कि अपने समाज के प्रत्येक सदस्य के पास चित्र का एक टुकड़ा पड़ा है। वे तमाम टुकड़े-टुकड़े हों, तभी परिस्थिति की सही-सच्ची तस्वीर सामने आ सकती है। सबसे महत्त्वपूर्ण सच्चाई यह स्वीकार करनी पड़ेगी कि सभी लोग सतत अपनी तरह ही सोचते हैं, अनुभव हासिल करते हैं, फिर चाहे उनकी भाषा, कहने की रीति अलग क्यों न हो।

जब तक चार अंधे व्यक्ति इकट्ठे होकर अपने अनुभव नहीं बाँटेंगे, उनकी जो समझ में आता है, उसे दूसरे से नहीं कहेंगे, तब तक हाथी की खोज और उसका माप निकल नहीं सकेगा। चारों व्यक्ति अपने मन को मना सकते हैं कि उन्होंने हाथी को समझ लिया है, पर चारों को यह पता है कि उनके सोच में कुछ कमी है।

परिस्थिति की समझ हमेशा व्यापक और विशाल बनती जाए ऐसी समझ ही दलित आंदोलन की सफलता का आधार है। संकीर्ण समझ से लिया जाने वाला निर्णय भी संकीर्ण होता है। उसमें से निकलने वाला परिणाम भी संकीर्ण होता है। दलित आंदोलन में सोलहवाँ कदम रखते समय मुझे स्वयं से कुछ प्रश्न पूछने होंगे–

– क्या मैं अपने गाँव और मोहल्ले से सत्य को खोजने हेतु परिस्थिति को व्यापक अर्थ में समझने की शुरुआत कर सकता हूँ? ...हाँ/ना
– क्या मैं ऐसा वातावरण निर्मित करने को तैयार हूँ जहाँ एक-दूसरे को नीचा दिखाने की बजाय, स्वाभिमान के साथ अपनी बात कर सकें? ...हाँ/ना
– जो लोग शांत रहते हैं क्या मैं उन्हें मुखर कर सकता हूँ? ...हाँ/ना
– क्या मैं अपने मोहल्ले में महिलाओं को अपनी बात व्यक्त करने के लिए प्रोत्साहन देने को तैयार हूँ? ...हाँ/ना
– क्या मैं किसी सदस्य की बात को निरर्थक मानता हूँ? ...हाँ/ना
– परिस्थिति के विषय में मेरी समझ बढ़े, इसके लिए क्या मैं नियमित अध्ययन करना चाहता हूँ? ...हाँ/ना

17

अस्पृश्यता : रिमोट कंट्रोल से नियंत्रित

पृथ्वी पर जीवन की शुरुआत हुई तब से सामाजिक जीवन, याने समूह में रहना शुरू हुआ। पशु, पक्षी, कीट-पतंग, मनुष्य सभी एक समूह में रहते हैं जिसे मैं मेरा अपना मानूँ, वही मेरा समाज। समाज में सभी सदस्य एक-दूसरे की उपस्थिति को, अस्तित्व को स्वीकार करते हैं।

एक-दूसरे को स्वीकार करने की पद्धति क्या है?–स्पर्श। एक-दूसरे को छूना-परखना। नन्हे शिशु का जन्म होता है, तो जितने भी उसे देखने आते हैं, वे सभी या तो उसके माथे पर हाथ फेरते हैं या गाल पकड़ते हैं, नाक पकड़ते हैं, हाथ पकड़ते हैं, पैरों पर हाथ फेरते हैं या नन्हे बच्चे एक-दूसरे के कान तक खींचते हैं। स्पर्श हम अपने हाथ से करते हैं। स्पर्श से अँगुलियों की चमड़ी के नीचे के मज्जा-तंतु सक्रिय होते हैं। दोनों व्यक्तियों के मस्तिष्क एक-दूसरे को पहचानते हैं और उससे दोनों के बीच भावनात्मक संबंध स्थापित होते हैं।

स्पर्श प्रेम की, एक-दूसरे के स्वीकार की निशानी है। क्यों हम कुत्ते को प्यार से बुलाते हैं। और वह अपना शरीर हमारे शरीर से रगड़ता है? किसलिए पाली हुई बिल्ली हमारे चारों ओर घूमती हुई शरीर को रगड़ती है? किसलिए हमें देखते ही नन्हा बालक फौरन घुटनों के बल दौड़ता-दौड़ता हमें पकड़ने के लिए आ पहुँचता है?

हम जिसका स्वीकार नहीं करना चाहते, उसे अपने से दूर रखते हैं। ऐसे अनेक उदाहरण हैं कि पहली प्रसूति में लड़की हुई है यह जानकर ससुराल के लोग अपनी पुत्रवधू और उसकी नवजात बेटी को देखने के लिए कई दिनों तक नहीं जाते।

न छूने की और छू जाने पर भ्रष्ट हो जाने की खोज किसने की? क्यों की?

1. छुआछूत सिर्फ वर्ण-व्यवस्था की पैदाइश है। अस्पृश्यता मात्र हिंदू धर्म में देखने को मिलती है।

2. छुआछूत आदमी के द्वारा स्थापित प्रथा है, इसलिए इस पर नियंत्रण मनुष्य के मस्तिष्क में है। अर्थात् जहाँ जानबूझ कर कोई व्यवहार किया जाता है, वहीं मस्तिष्क का नियंत्रण रहता है।

3. जो व्यक्ति जात-पाँत की व्यवस्था में 'नीचा' माना जाता है उसके प्रति 'ऊँची' जाति के व्यक्ति छुआछूत रखते हैं। लेकिन 'ऊँची' जाति के व्यक्ति को जब तक यह पता नहीं होता कि सामने वाला व्यक्ति 'नीची' समझे जाने वाली जाति का है, तब तक उसका मस्तिष्क उसे छुआछूत करने की सूचना नहीं देता। तार के सिरे जुड़ जाने के बाद ही मस्तिष्क छुआछूत का स्विच दबाने का हुक्म देता है।

4. छुआछूत मान्यता के साथ जुड़ा हुआ है। अगर मैं स्वयं को 'ऊँची' या 'नीची' जाति का मानूँ ही नहीं तो मैं कभी किसी से भ्रष्ट नहीं होता।

5. छुआछूत भय से उत्पन्न होता है। जिस वस्तु का हमें भय लगता है, उससे हमें दूर रखने का काम मस्तिष्क का होता है। पर जब तक मैं अपने मस्तिष्क को सिखाऊँ नहीं कि मुझे किस-किस वस्तु से डरना है, तब तक मस्तिष्क उस वस्तु का भय पैदा नहीं करता। साधारण आदमी साँप से भय खाता है, पर मदारी क्यों नहीं डरता? बालक पढ़ेगा नहीं तो उसे लिखना-पढ़ना नहीं आएगा। अमेरिका में वहाँ के लोग 'भ्रष्ट' नहीं होते, क्योंकि किसी से छू जाने पर भ्रष्ट होना वहाँ नहीं सिखाया जाता।

6. जो छू जाता है उसे किसका डर लगता है? डर हमें हमेशा ऐसी वस्तु और व्यक्ति का लगता है जिसे हम अपने से शक्तिशाली या अपने नियंत्रण से बाहर समझते हैं? अर्थात् जो छू जाते हैं, वे स्वयं को जिससे छू जाते हैं, उससे निर्बल, अशक्त या कमजोर समझते हैं। किसी भी व्यक्ति व परिस्थिति से पार पाने की जब मुझे अपने में शक्ति नहीं दिखती तभी मुझे उसका डर लगता है।

7. जब हमें डर लगता है, तब हम क्या करते हैं? कोई व्यक्ति दूर भागने लगता है, तो कोई जहाँ होता है, वहीं खामोश हो जाता है। कोई व्यक्ति चीखता-चिल्लाता हुआ भयप्रद वस्तु को अपने से दूर रखता है, तो कोई हाथ उठाकर या हमला करके भयप्रद वस्तु को दूर भगाने की कोशिश करता है। कभी किसी व्यक्ति के हाथ-पैर न उठें तो मुँह पर भगवान का नाम आ जाता है।

8. छू जाने पर व्यक्ति क्या करता है? कोई जिस व्यक्ति से छू जाता है,

उसे सामने से आते देखकर मुँह फेर लेता है, या रास्ता बदल लेता है। वह व्यक्ति छू जाता है तो गालियाँ देता है, हाथ उठाता है या हमला करता है। उस व्यक्ति को देखते ही मानो मुँह में और शरीर में कुछ भर गया हो, यों थूकने लगता है और कई उस व्यक्ति को देखकर 'शिव-शिव' या 'हरि-हरि' बोलने लगते हैं। यह संपूर्ण व्यवहार भय से उत्पन्न होता है।

9. जो व्यक्ति छू जाने पर भ्रष्ट हो जाता है, उसे किस बात का डर लगता है? छू जाने पर क्या होता है? छुए जाने वाला व्यक्ति मानता है कि वह शुद्ध है और जिस व्यक्ति से छू गया था, वह शुद्ध नहीं। अतः उससे छू जाने पर वह शुद्ध नहीं रहेगा, अशुद्ध हो जाएगा। संक्षेप में, छुए जाने वाला मानता है कि उसकी शुद्धता की चाबी स्वयं के हाथ में नहीं, बल्कि जिससे छू गया था उसके हाथ में है।

10. शुद्धता शरीर के साथ जुड़ी होती है। अर्थात् छुए जाने वाला, जिससे छू गया था, उसके स्पर्श से दूर भागता है। उसकी नजर से दूर भागता है। मुँह के रास्ते शरीर में जाने वाली सभी वस्तुएँ यथा—खाद्य पदार्थ, जल, खाना बनाने के बर्तन, बीड़ी, चिलम (क्योंकि धुआँ शरीर में जाता है) इन सब को उस व्यक्ति से दूर रखता है और ये तमाम वस्तुएँ जिससे छूते हैं, उस व्यक्ति के उपयोग की हों, तो उनसे वह दूर रहता है। अंत में, वह जिस व्यक्ति से छू जाता है, उसको छूकर आने वाली सभी वस्तुओं यथा, चिलम से निकलने वाला धुआँ, उसकी परछाईं, नहाते समय उसके शरीर से उछलते पानी के छींटों, साँस, उसकी छींक से भी दूर रहता है। वह उसके सोने के बिस्तर पर नहीं बैठता, या जिस झाड़ू से काम करता है, उसको भी नहीं छूता।

11. जिस जाति के लोग दूसरी जाति के लोगों से छू जाने पर भ्रष्ट हो जाते हैं, वे उनकी स्त्रियों के साथ जोर-जबरदस्ती या दबाव डाल कर शारीरिक संबंध स्थापित करते हैं, तब भ्रष्ट क्यों नहीं होते? क्योंकि स्त्री-पुरुष के बीच का आकर्षण प्राकृतिक प्रक्रिया है अतः मस्तिष्क का उस पर ज्यादा नियंत्रण नहीं होता। संबंध स्थापित करने की इच्छा के आगे मस्तिष्क हार जाता है।

12. जो गैर-दलित पुरुष दलित स्त्री के साथ छू जाने पर भ्रष्ट होने की बात सीखे होने पर भी उसके साथ शारीरिक संबंध रखता है, तब क्या वह जानता होता है कि इस मामले में उसके मस्तिष्क का काबू नहीं है?

क्या वे लोग यह भी जानते हैं कि जिस तरह वे अपने मस्तिष्क का नियंत्रण गँवा देते हैं, क्या उनकी जाति की स्त्रियाँ भी जब दलित पुरुषों से आकर्षित होती हैं, तब वे अपने मस्तिष्क पर नियंत्रण गँवा बैठती हैं? हाँ, उन्हें यह बात पता होती है।

13. दूसरे शब्दों में कहें तो गैर-दलित पुरुष और स्त्री किसी परिस्थिति में, जानते हुए भी, अपनी मर्जी से छुआ जाना पसंद करते हैं? किसलिए? क्योंकि उसमें उनका हित है। उसमें उनकी जरूरतें पूरी होती हैं।

14. मेरा मस्तिष्क अपना नियंत्रण कब गँवाता है? यदि हम मस्तिष्क पर नियंत्रण को अपनी शक्ति मानते हैं तो मैं कब निर्बल होकर अपना नियंत्रण गँवा बैठता हूँ? ऐसी परिस्थिति मेरे सामने आती है जिसकी शक्ति, जिसके आकर्षण, जिसकी सत्ता के प्रभाव में मैं जब आ जाता हूँ तो अपने मस्तिष्क पर नियंत्रण गँवा देता हूँ। अर्थात् गैर-दलित पुरुष व स्त्रियाँ जब दलित स्त्री-पुरुष के साथ संबंध में अपना नियंत्रण गँवाते हैं तब वे अपनी शक्ति, अपनी सत्ता, अपने प्रभाव के समक्ष स्वयं को निर्बल समझते हैं।

15. गैर-दलित पुरुषों को अपना नियंत्रण गँवाना मंजूर है, पर अपनी स्त्रियों का नियंत्रण गँवाना मंजूर नहीं है। क्यों? किसलिए? क्योंकि शारीरिक संबंध एक आवेग में से पैदा होता है। आवेग के शांत होने पर मस्तिष्क अपना नियंत्रण वापस कर लेता है। गैर-दलित पुरुष को दलित स्त्री के साथ संबंध पूरा हो जाने के बाद खास चिंता नहीं रहती। परंतु इस बात की संभावना रहती है कि अपनी जाति की स्त्री इस संबंध में गर्भवती हो जाए। इस संबंध से जन्म लेने वाला बालक उसका माना जाए, और प्रेम से उसे पालना पड़े इस विचार मात्र से वह पुरुष काँप जाता है। ऐसा हो जाए तो वर्ण-व्यवस्था छिन्न-भिन्न हो जाए। उसके साथ ही स्वयं 'ऊँची' जाति का होने से सबको मनवा कर जो सत्ता और सामाजिक प्रतिष्ठा प्राप्त की है वह भी चकनाचूर हो जाती है।

16. अतः मुझे अपना हित सुरक्षित रखना हो, मेरी जरूरतों की संतुष्टि चालू रखनी हो और वर्ण-व्यवस्था के नाटक को जारी रखने के लिए मेरे समाज की स्त्री को उसके हित व जरूरत को पूरा करने से रोकना हो तो क्या करना पड़ेगा? यह बात एक ही स्थिति में संभव है कि मैं स्त्री की स्वतंत्रता पर मेरी सत्ता के जोर से नियंत्रण बनाए रखूँ।

17. इसीलिए वर्ण-व्यवस्था ने हरेक स्त्री को, फिर चाहे वह किसी धर्म या

जाति की हो, पुरुष के अधीन रखकर, इस वर्चस्व को बनाए रखने के लिए धर्म का भरपूर उपयोग किया है।

18. गैर-दलित स्त्रियाँ भी एक प्रकार की अस्पृश्यता का भोग बनती हैं। जब भी वे रजस्वला होती हैं, तब वे अस्पृश्य समझी जाती हैं। उन दिनों में उनका मंदिर में प्रवेश नहीं हो सकता। वे घर में, रसोईघर में पानी की मटकी या देवस्थान में नहीं जा सकतीं। किसी भी शुभ अवसर पर उन्हें दूर रखा जाता है क्योंकि वर्ण की शुद्धता बनाए रखने के लिए इन दिनों के दौरान एक प्रकार का खतरा उत्पन्न होना माना जाता है। इन दिनों में स्त्री को बहुधा घर के बाहर पुरानी गुदड़ी में सोना पड़ता है।

19. एक अस्पृश्य व्यक्ति गैर-दलित स्त्री के साथ शारीरिक संबंध रखे तो मनुस्मृति में उसे मृत्युदंड की सजा देने की बात क्यों कही गई है? कारण यह है कि वर्ण-व्यवस्था, उसके आधार पर सामाजिक व्यवस्था, उसके आधार पर चलने वाला अर्थतंत्र सब कुछ सुरक्षित रहे। अगर गैर-दलित पुरुष दलित स्त्री के साथ संबंध रखे तो मनुस्मृति में उसे लगभग बिना कोई सजा दिए छोड़ देने की व्यवस्था क्यों दी गई है? क्योंकि ये नियम पुरुषों के बनाए हुए हैं। वे आश्वस्त होना चाहते थे कि वर्ण-व्यवस्था बनी रहे और साथ ही गैर-दलित पुरुष अपने हित व अपनी जरूरतों को पूरा कर सकें।

20. दलितों की बस्ती हमेशा गाँव के एक किनारे ही क्यों होती है? उनके लिए मंदिरों में प्रवेश की व्यवस्था क्यों नहीं होती? उनके कुएँ अलग क्यों हैं? उनके श्मशान अलग क्यों हैं? पढ़ने के लिए साथ-साथ बैठने से लेकर घर के काम की निगरानी तक की बातों में दलित बालकों के प्रति भेदभाव क्यों रखा जाता है? किसलिए गंदे समझे जाने वाले काम जैसे, माथे पर मैला उठाना, सफाई करना, श्मशान की देखरेख करना, चमड़ा उतारना, मृत पशुओं को ढोना आदि काम दलितों से ही अनिवार्यतः कराए जाते हैं?

21. दलितों की बस्ती गाँव के एक किनारे इसलिए रखी जाती है ताकि वे अन्य बस्तियों के स्पर्श व संपर्क से दूर रहें। इसलिए भी कि दलित पुरुष अन्य स्त्रियों के संपर्क में न आएँ और दलित साथ रहते हों तो उनका शोषण चालू रखते हुए सुरक्षित नहीं रहा जा सकता।

22. मंदिर प्रवेश दलितों के लिए नहीं है, क्योंकि तभी तो ये मान्यता व्यक्त

कर सकते हैं कि वर्ण-व्यवस्था भगवान ने बनाई है। जो भगवान 'ऊँची' जाति वालों के लिए हों, वह 'दलितों' का कैसे बन सकता है?

23. कुएँ इसलिए अलग हैं क्योंकि हवा और खाद्य पदार्थ के बाद मनुष्य की सबसे बड़ी जरूरत पानी की है। पानी का उपयोग शुद्ध होने के लिए किया जाता है। जब व्यक्ति छू जाने से भ्रष्ट हो जाता है तो पानी के छींटे दिए जाते हैं अथवा छू जाने के साथ वह पास के गंदे गटर के पानी में अंगूठा डुबो लेता है। छू जाने के फौरन बाद नहाने का रिवाज है। जो पानी दलित के स्पर्श से अशुद्ध हो जाता है, तो फिर शुद्ध किससे होगा?

24. पढ़ाई में इसलिए भेदभाव रखा जाता है क्योंकि पढ़ने से प्राप्त ज्ञान व जानकारी से वर्ण-व्यवस्था की पोल खोली जा सकती है।

25. श्मशान इसलिए अलग हैं क्योंकि साथ हों तो यह सिद्ध हो सकता है कि मरने के बाद पुनर्जन्म वाली बात नहीं रहती।

26. गंदे समझे जाने वाले काम दलितों के माथे इसलिए लादे जाते हैं क्योंकि तभी तो कहा जा सकता है कि वे गंदे और अशुद्ध काम करते हैं, अतः वे गंदे और अशुद्ध लोग हैं और उन्हें बाकी के लोगों से दूर रखे जाने की जरूरत है।

27. अधिकांश दलित अस्पृश्यता के व्यवहार को उचित क्यों मान लेते हैं? इसके विरुद्ध संघर्ष क्यों नहीं किया जाता? किस तरह हम इस व्यवस्था को भगवान और कुदरत की देन मानते हुए मजबूत करते रहेंगे?

28. अस्पृश्यता को समाप्त करने की लड़ाई मजबूत करने के लिए हम जरा दूसरी तरह से विचार करें। मान लें कि आज आधी रात से अस्पृश्यता समाप्त होने वाली है। मैं सवेरे उठूँगा तब दुनिया कैसी होगी? मेरे गाँव में क्या बदलाव होगा? मेरी स्थिति में क्या परिवर्तन होगा?

29. सवेरे उठकर मैं मुँह धोने, नहाने के लिए दो मिनट में जहाँ से पानी मिलेगा वहाँ से भर लाऊँगा। मैं लोटा लेकर जंगल जाऊँगा तो दूसरों की तरह ही जहाँ जगह मिले, वहाँ बैठ जाऊँगा और किसी गाँव में खेत-मालिक मुझे अधबीच में उठा दे, ऐसा नहीं होगा। गूजर ऊपर से दूध नहीं डालेगा। दुकान की सीढ़ियों पर चढ़ूँगा तो चीजें दूर से नहीं फेंकी जाएँगी। बच्चे हँसते-खेलते विद्यालय जाएँगे। किसी से ताने नहीं सुनेंगे। वे विद्यालय में अलग नहीं बैठेंगे। वर्षों पूर्व मिली जमीन का अब तक न सँभाला कब्जा मैं सँभालूँगा। गाँव के बीच में भी शाक भाजी बेचने बैठूँगा। मुझे लगेगा कि मैं सपने में हूँ।

30. यह सब मैं न कर सकूँ, इसीलिए तो अस्पृश्यता की व्यवस्था लागू की गई है, क्योंकि अस्पृश्यता से सिर्फ मनुष्यों को ही दूर नहीं रखा जाता, वरन् गाँव की सामाजिक सत्ता, प्रशासन, राजनीति और आर्थिक प्रतिद्वंद्विता में से भी उनको दूर रखा जा सकता है। गाँव का प्रशासन और आयोजन गाँव के चबूतरे पर होता है। मैं गाँव से बाहर रहूँगा तो चबूतरे पर कैसे बैठ सकूँगा?

31. अस्पृश्यता चालू रहती है क्योंकि गैर-दलित जब रिमोट कंट्रोल दबाते हैं तो उनके संदेशों को ग्रहण करने का स्विच मैंने अपने टी.वी. में चालू रख रखा है। यह स्विच बंद हो जाए तो उनका रिमोट भी बंद हो जाए। मैं स्विच किस तरह चालू रखता हूँ?

चालू स्विच

- मैं जानता हूँ कि मैं हल्का हूँ।
- मैं गैर-दलितों से छू ना जाऊँ।
- जब तक कोई पानी नहीं डालता तब तक मैं कुएँ पर इंतजार करता हूँ।
- कोई मुझे अस्पृश्य या अछूत मानता है तो मैं सिर झुकाकर 'हाँ बापू' कहता हूँ।
- मैं दलितों में अपने से जो नीचे हों उनसे 'भ्रष्ट' होता हूँ।
- मैं अपने घर में रजस्वला स्त्रियों के लिए उनको दूर रखने का नियम पालता हूँ।
- मैं गंदे समझे जाने वाले काम को छोड़ना नहीं चाहता।
- मैं छुआछूत को कुदरत द्वारा स्थापित व्यवस्था मानता हूँ।
- मैं छुआछूत के लिए मेरी जाति मानने वालों और जन्म को जिम्मेवार मानता हूँ।
- मैं स्विच बंद करते हुए डरता हूँ।
- मैं गैर-दलित की दादागिरी व हिंसा को उसकी शक्ति के रूप में देखता हूँ।

बंद स्विच

- मैं मानता हूँ कि मैं मनुष्य हूँ।
- मैं मनुष्य मात्र को छूता हूँ।
- मैं सभी सार्वजनिक स्थानों से स्वयं पानी भर लेता हूँ।

– कोई मुझे अस्पृश्य कहे तो मैं जोर से हँसी में उड़ा देता हूँ।
– मैं किसी से 'भ्रष्ट' नहीं होता।
– मैं रजस्वला स्त्री की देखभाल करता हूँ और कुदरत की प्रक्रिया को सम्मान से देखता हूँ।
– मैं गंदे समझे जाने वाले काम हाथ में नहीं लेता।
– मैं छुआछूत की व्यवस्था को गैर-दलितों द्वारा हराम की खाने और सत्ता बनाये रखने की कारस्तानी के रूप में देखता हूँ।
– मैं छुआछूत के लिए अज्ञान और पिछड़ेपन को जिम्मेवार मानता हूँ।
– स्विच के चालू रहने में मैं अपने स्वाभिमान का अंत देखता हूँ।
– मैं उसकी दादागिरी को उसकी कमजोरी व परास्त आत्मविश्वास के रूप में देखता हूँ।

32. छुआछूत की प्रथा, उसे मानने वाले लोगों ने बिना मेहनत किए जो सत्ता, पैसा, प्रतिष्ठा इकट्ठी की है, उनकी जिंदगी चालू रखने हेतु ऑक्सीजन है। छुआछूत के पीछे निहित विचार एवं मान्यताएँ मैं फेंक दूँ तो फौरन उनका ऑक्सीजन बंद हो जाए। यह ऑक्सीजन बंद करने का स्विच मेरे हाथ में है और इसीलिए वे मुझसे दूर रहते हैं।
– दलित आंदोलन में सत्रहवाँ कदम रखने के सबूत के रूप में।
– क्या मैं यह ऑक्सीजन का स्विच बंद करने के लिए तैयार हूँ? ...हाँ/ना

18

मृत्यु कुदरती है : मनुष्य की, भेदभाव की नहीं

एक स्त्री के पहली संतान पुत्री जन्मी। वह खुशी से फूली न समाई। थोड़े समय बाद वह पुत्री बीमार पड़ी और मर गई। उस स्त्री को अपनी संतान की मृत्यु मंजूर नहीं थी, इसलिए मृत पुत्री को जीवित करने के लिए याचना करने लगी। सबने उसे समझाया, आश्वासन दिया कि मृत व्यक्ति फिर से जीवित नहीं हो सकता। उसने कोई बात नहीं मानी। उसे देखकर सभी लोग दुःखी हो गए। किसी ने उसे भगवान बुद्ध के पास भेजा। उसने अपनी पुत्री को बुद्ध के चरणों में लिटाया और उसको जीवित करने की जिद करने लगी।

बुद्ध की आँखें करुणा व प्रेम से छलछला गईं। उन्होंने स्त्री से कहा—'बेटी, जिस घर में किसी की मृत्यु न हुई हो, उस घर से थोड़े राई के दाने ले आओ तो तेरी पुत्री जीवित हो जाएगी।' स्त्री आनंद से पागल होकर दौड़ी। दिन भर कितने ही घरों के दरवाजे खटखटाए, पर उसे एक भी घर ऐसा नहीं मिला जहाँ किसी की मृत्यु न हुई हो।

वह लौटकर बुद्ध के चरणों में रो पड़ी और कुछ भी बोले बिना अपनी पुत्री को दफना दिया।

प्रत्येक जीवित व्यक्ति की मृत्यु निश्चत है क्योंकि मृत्यु कुदरती घटना है। मैं भी जन्मा हूँ, अतः मेरी मृत्यु होगी। मेरी मृत्यु के साथ मैं जो असमानता और भेदभाव भोग रहा हूँ, उसकी मृत्यु नहीं होगी, क्योंकि मुझे कुदरत ने बनाया है। भेदभाव और असमानता को मनुष्य ने बनाया है, अतः इन्हें मारना या जिंदा रखना सिर्फ मनुष्य के हाथ की बात है।

जात-पाँत और ऊँच-नीच का प्रपंच जिसने रचा है उसने पक्का निश्चय किया और हरेक के मस्तिष्क में जमा दिया कि मनुष्य किस जाति में जन्म लेगा, यह

बात कुदरत उसके पूर्व जन्म के कर्मों के आधार पर तय करती है। उन्हें भेदभाव और असमानता के कारण जो कष्ट झेलने पड़ते हैं, उनका इलाज भी बता दिया कि अगर इस जन्म में अच्छे ढंग से जीओगे, अर्थात् गरदन नीचे किए, विरोध किए बिना, भेदभाव, शोषण व गुलामी सहन करोगे तो अगले जन्म में ऊँच-नीच की व्यवस्था में थोड़ा अच्छा जन्म मिल सकेगा।

अतः आज भी दलितों में, गरीबों में बालक जन्म लेता है तो हम छठी पूजते हैं। माँ और बालक जिस खाट में सोते हैं, उसमें खाट के सिर की तरफ बिस्तर के नीचे गुलाल, कागज व पेंसिल का टुकड़ा रखते हैं, ताकि जब विधाता (बेमाता) लेख लिखने के लिए आए तो उसे कागज, गुलाल व पेंसिल ढूँढ़ने न पड़ें। बेमाता सिर्फ भारत में ही है और दुनिया में कागज की खोज 105 ई. में हुई थी। उससे पहले वह किसमें लेख लिखती होगी, इसका किसी को भी अता-पता नहीं है।

एक बात सच है। विधाता के लेख लिखे जाते हैं या नहीं, वह तो किसी ने नहीं देखा, पर हमारे मस्तिष्क में, विचारों में, हमारी मान्यता में तो यह लेख लिखा ही जाता है। आज भी लोग समूह में जाकर किसी की मृत्यु पर शोक प्रगट करने इकट्ठे होते हैं, तो वे बात-बात में कहते हैं, 'विधाता के लेख बदले नहीं जाते।'

मिथ्या अथवा अटल न हों ऐसे लेख का क्या मतलब है? वह कुछ नहीं, पर हमारी मान्यता है। यह भी सही है कि यह मान्यता मैंने जान-बूझ कर स्वीकार की है याने जब तक मैं इसे नहीं बदलूँगा, तब तक इसे कोई बदल नहीं सकेगा। यह मान्यता न बदले तो यह अजर, अमर हो जाएगी, और वह मिथ्या नहीं होगी। यह मान्यता मैं बदलना नहीं चाहता/चाहती, क्योंकि मैं इसे प्राकृतिक मानता/मानती हूँ।

यह लेख बदलेगा तभी मेरी दशा बदलेगी। यह लेख कब बदलेगा? जब मैं अपनी मान्यता बदलूँगा, तब। मेरी मान्यता तो तभी बदलेगी, जब मुझे यह पता होगा कि यह लेख प्राकृतिक नहीं है वरन् मेरे द्वारा स्वीकार की हुई मान्यता है।

दलित आंदोलन की सफलता का आधार तो इस मान्यता के बदलने में निहित है। इस मान्यता को बदलने के लिए पहले तो यह समझना पड़ेगा कि यह मान्यता किससे बनती है। क्योंकि, ये मान्यताएँ धार्मिक हैं। अगर कोई कहे कि यह धर्म मिथ्या है और तुम्हारी मान्यताएँ भी मिथ्या हैं तो उस धर्म को मानने वाले व्यक्ति की भावना आहत होती है और धार्मिक भावों को दुःख पहुँचता है, तब वह अपनी मान्यता में और ज्यादा सुदृढ़ हो जाता है।

मेरे जीवन में धर्म की कहाँ जरूरत पड़ती है? मेरे जीवन में कौनसी जगह ऐसी है जहाँ ऐसी धार्मिक भावनाएँ पैदा होती हैं और उनका विकास होता है?

दूसरे के जीवन में उसे ढूँढ़कर उसे उपदेश देने की बजाय, हमें अपने जीवन में विद्यमान मान्यताओं को समझना पड़ता है।

मनुष्य अपने जीवन के दौरान आसपास के वातावरण में रहने वाली कुछेक वस्तुओं को समझ सकता है, और कुछ वस्तुएँ उसकी समझ से बाहर होती हैं। जितनी समझ बढ़ती है उतनी ही नासमझी कम होती है।

हमारे जीवन के प्रत्येक चरण पर समझदारी और नासमझी साथ-साथ चलती है। समझदारी और नासमझी के बीच जहाँ जगह खाली रह जाती है वहाँ धार्मिक मान्यताएँ पैदा होती हैं।

मनुष्य प्रकृति की रचना है। प्रकृति ने मनुष्य को विचारने और समझने की शक्ति दी है। पर विचारने और समझने की शक्ति के लिए मुझे ज्ञान की जरूरत पड़ती है। ज्ञान हो जाए तो अज्ञान दूर हो जाए। मेरी आँखों पर कोई पट्टी बाँध दे तो क्या मुझे दिखेगा? मेरे कान में कोई रूई लगा दे तो क्या मुझे कुछ सुनाई देगा? याने मेरे आँख-कान बंद हों तो मुझे दिखेगा या सुनाई नहीं देगा, पर मुझे केवल ख्याल आएँगे और विचारों की तरंगें पैदा होंगी।

जरा हम इतिहास में पीछे लौटें? मनु स्मृति में ऐसा क्यों लिखा है कि अगर कोई अस्पृश्य भूल से भी वेद सुन ले तो उसके कान में गरम-गरम सीसा डाल दिया जाए? ऐसा क्यों लिखा गया है कि यदि कोई अस्पृश्य व्यक्ति भूल से भी वेद का उच्चारण कर ले तो उसकी जीभ खींच ली जाए? दलितों और स्त्रियों को ज्ञान प्राप्त करने और पढ़ने की मनाही क्यों की गई है? आज विद्यालय में भी दलितों को अलग क्यों बिठाया जाता है? दलित बालक पढ़ने ही न आएँ इसके लिए शिक्षकगण उन पर ताने क्यों कसते रहते हैं?

कारण सिर्फ इतना ही है कि अगर ज्ञान हो जाएगा तो मान्यता बदल जाएगी और दलित अथवा भेदभाव का शिकार अपनी धार्मिक भावनाएँ बदल देगा तो फिर यह ऊँच-नीच का भेदभाव और असमानता क्या टिक पाएगी? इसीलिए जिन लोगों का हित, सत्ता, विशेष अधिकार जात-पाँत और ऊँच-नीच की व्यवस्था के साथ जुड़े हुए हैं उन्हें यह व्यवस्था कायम रखनी हो तो उन्हें दलितों और भेदभाव के शिकार सभी लोगों को ज्ञान से दूर रखना पड़ेगा।

गैर-दलित शाला में जाते हैं और ज्ञान हासिल करते हैं, फिर भी उनकी मान्यता क्यों नहीं बदल पाती? इसका कारण यह है कि शाला में उन्हें पढ़ना-लिखना सिखाया जाता है। ऐसा ज्ञान नहीं दिया जाता, जिसकी वजह से उनकी मिथ्या मान्यताएँ बदल जाएँ। ऐसा हुआ होता तो कोई दलित शिक्षक जब शाला में जाएँ तब अपनी अलग रकाबी और कप ले जाते हैं, क्या ऐसा होता?

दुनिया का इतिहास बताता है कि जहाँ शोषण, अन्याय और भेदभाव, जोर-जुल्म, शारीरिक त्रास अथवा हिंसा से लोगों पर लादा जाता है, वहाँ वे ज्यादा टिके नहीं। काले लोगों की गुलामी इसीलिए 400 वर्षों में खत्म हो गई। भारत की गुलामी 350 वर्ष में खत्म हो गई।

परंतु जात-पाँत पर आधारित ऊँच-नीच की व्यवस्था और भेदभाव 3000 वर्षों से चले आ रहे हैं। इसका कारण इतना ही है कि ये मान्यताएँ जोर-जुल्म से नहीं, वरन् ये मान्यताएँ धार्मिक हैं, प्राकृतिक हैं, ऐसा कहकर मेरे मन में ठसाकर कायम रखी गई हैं। मुझे स्वयं को ही यदि यह मान्यता सहेज कर जीवित रखनी हो तो क्या किसी की माँ ने सवा सेर सोंठ खाई है जो इस मान्यता को बदल सके?

दलित आंदोलन की सफलता का आधार वैज्ञानिक अभिगम में है। जितने ज्ञान-विज्ञान को मैं स्वीकार करूँगा उतनी ही मेरी मान्यता बदलेगी।

दलित आंदोलन के कार्यक्रम के रूप में, उसमें अठारहवाँ कदम रखते समय मैं क्या ठोस काम करना चाहता हूँ?

– दलित आंदोलन के सदस्य के रूप में वैज्ञानिक ज्ञान का प्रसार करके क्या मैं अपने समाज में सच्चा ज्ञान फैलाने को तैयार हूँ? ...हाँ/ना
– क्या मुझे भेदभाव और अन्याय सहन करते-करते इनके साथ ही मरना है? ...हाँ/ना
– क्या मुझे, जिस तरह मैं स्वतंत्र व्यक्ति के रूप में जन्मा था, उसी स्वतंत्र व्यक्ति के रूप में मरना है? ...हाँ/ना

चुनाव मुझे करना है। मैं स्वतंत्र व्यक्ति के रूप में मरूँगा तभी नया इतिहास लिखा जाएगा और मेरे बाद भी पीढ़ियाँ आजादी से जी सकेंगी।

19

मान्यता और मानता : बकरी से बना कुत्ता

एक ब्राह्मण कंधे पर बकरी लेकर जा रहा था। रास्ते में एक तरफ चार चतुर और बुद्धिमान ठग बैठे थे। ठगों ने बकरी उचकाने की सोची और योजना बनाई। ब्राह्मण थोड़ा आगे चला, कि तभी सामने से एक ठग आया और बोला–'अरे महाराज, इस कुत्ते को कंधों पर क्यों बिठाया है?' ब्राह्मण चिढ़ गया। 'तुझे पता नहीं पड़ता? इस बकरी को तू कुत्ता कहता है।' बड़बड़ाता हुआ ब्राह्मण आगे चला, थोड़ी दूर पर दूसरा ठग मिला। 'अरे रे! इस कुत्ते को आपने कंधे पर बिठाया है?' ब्राह्मण को गुस्सा आया, पर उसके मन में शक बैठ गया। उसने भरोसे के साथ देखा और कहा, 'अरे तुझे दिखता नहीं कि यह बकरी है।' शंकाशील ब्राह्मण आगे चला, तभी तीसरा ठग मिला, 'अरे बाप रे! आपने तो किसी कुत्ते को कंधे पर लटका रखा है।' ब्राह्मण दुःखी हो गया। उसने उत्तर नहीं दिया पर थोड़ा आगे जाकर बकरी को कंधे से नीचे उतारा, टकटकी लगाकर देखा कि बकरी है या कुत्ता? तब फिर से बकरी को कंधे बिठाकर आगे चला, तभी चौथा ठग मिला। 'अरे रे महाराज, आपको यह क्या सूझा कि कुत्ते को कंधे पर बिठा लिया।' अब ब्राह्मण को लगा कि उसकी कुछ भूल है। उसने बकरी को उतार दिया और उसे रास्ते पर भटकता छोड़कर चल पड़ा।

ज़िंदगी की मान्यता एक घंटे में बदल गई। मान्यता इसी को कहते हैं कि जो बदली जा सके। गलत मान्यता सही बन सकती है और सही मान्यता गलत हो सकती है।

ब्राह्मण की एक मान्यता थी कि कुत्ता कंधे पर नहीं बिठाया जा सकता। अगर कुत्ते को कंधे पर बिठाने में कोई मुश्किल न लगती होती तो दूसरे सारे ठगों ने बकरी को कुत्ता बनाने का कितना ही प्रयत्न किया होता, तब भी वह बकरी को नहीं छोड़ता।

मान्यता कोरी नहीं होती, या हवा में नहीं लटकती। मान्यता मेरे आचार और व्यवहार में स्थित रहती है, इसीलिए मान्यता चालू रहती है। हम साधारणतया मनुष्य के व्यवहार को अच्छा या बुरा मानकर, उसे बदलने की कोशिश करते हैं। लेकिन जब तक इस व्यवहार के मूल में रहने वाली मान्यता नहीं बदलती, तब तक यह व्यवहार नहीं बदलता।

मान्यता प्रत्येक व्यक्ति के लिए कानून के जैसी बन जाती है। मैं क्या कर सकता हूँ और क्या नहीं?

मैं मानता हूँ कि मैं दूसरों से हल्का व्यक्ति हूँ अतः मैं नया घर बनाते समय अपने घर का दरवाजा एक खास दिशा में ही रखता हूँ। ऐसा मानता हूँ इसलिए मुझे गाँव के बीच घर न मिले, या पंचायत में कुर्सी पर न बैठने दें या मुझे बोरी पर बिठाएँ या मुझे रामपात्र में चाय दें, तब भी बुरा या अनुचित नहीं लगता।

यह मान्यता कोमल पौधे जैसी है। इसे रोजाना पानी न मिले, खाद न मिले, देखभाल न हो तो यह कमजोर पड़ जाती है। सूख जाती है या मर जाती है। मान्यता को कायम रखना हो तो प्रचार तंत्र निर्मित करना पड़ता है।

जब हम जात-पाँत के शिकार बन जाते हैं तब सुबह से शाम तक सैकड़ों लोग मुझे यही कहते हैं कि मैं अपनी जाति को जो नीची मानता हूँ, वह सही है। शाला में मुझे मास्टर यही पढ़ाते हैं। धर्म गुरु मुझे यही सिखाते हैं। बारबार एक ही बात सुनने को मिलती है। अर्थात् मेरी मान्यता मैं न चाहूँ तब भी मजबूत बनती जाती है।

सवाल यह है कि मैं किसलिए ऐसी बात मानता हूँ जिसके कारण मुझे दुःख, यातना, अन्याय, हताशा, गरीबी और शोषण ही मिलता है? मान्यता मेरी विवेक-बुद्धि को कुछ कर डालती है। ऑपरेशन करने से पहले डॉक्टर बेहोशी की दवा सुँघाता है और तब मुझे वेदना नहीं होती, ऐसे ही मान्यता भी बेहोशी की दवा जैसी है। मेरे लिए अच्छा क्या और खराब क्या, ऐसी बातें मुझे बेचैन नहीं करतीं।

सवाल यह है कि मैं अंबेडकर की बात नहीं मानता, तो गाँव के ठाकुर की क्यों मानता हूँ? क्योंकि, जिस व्यक्ति का मुझ पर प्रभाव है उसी की बात मैं मानता हूँ। प्रभाव मेरी जरूरत के साथ जुड़ा हुआ है, मेरी सुरक्षा के साथ जुड़ा हुआ है। कई बार मेरी सुरक्षा या मेरी जरूरतें इस प्रभाव के साथ जुड़ी हुई न हों, तब भी मान्यता चालू रहती है।

मान्यता के मूल में एक शंका रहती है। अपनी जीत में, अपनी जानकारी में, मनुष्य के रूप में अपनी पहचान में यह शंका रहती है। अतः दूसरे लोग इस शंका को मजबूत करते हैं।

साधारणतया हम ऐसा मानते हैं कि झूठी या अवैज्ञानिक बातें गरीब लोग मानते हैं। डोरे-डंडे गरीब करते हैं। दशा माँ और माता की मन्नत गरीब करते हैं। यह सच नहीं। शिक्षित, डिग्रीधारी व धनवान बहुधा इन मान्यताओं के मामले में अधिक मजबूत होते हैं।

मान्यता मजबूत या कमज़ोर होती है। यह तटस्थ नहीं रह सकती, क्योंकि यदि यह तटस्थ रहे तो प्रकृति की रचना बन जाती है।

आयुर्विज्ञान के अनुसार लड़का पैदा होगा या लड़की, यह पुरुष के गुणसूत्र से निर्धारित होता है, फिर भी हम विज्ञान की ऐसी तैसी करके, स्त्री को जिम्मेदार ठहराते हुए कभी-कभी उसे जिंदा भी जला देते हैं। विज्ञान को न मानने वाले प्रायः शिक्षित अधिक होते हैं।

दलित समाज सबसे ज्यादा गरीब है। बरसों-बरस आर्थिक दशा ज्यादा से ज्यादा बिगड़ती जाती है। मजदूरी करते हुए मजदूर अधिक मात्रा में बढ़े हैं। आमदनी घटी है। युवक बेरोजगार बने हैं। बेरोजगारी के कारण सामाजिक जीवन में तनाव बढ़ा है। बेकार युवकों के विवाह की समस्या उत्पन्न हुई है।

आर्थिक सुरक्षा बढ़ी है, उसके साथ धर्म के आधार पर निर्मित मान्यताएँ और मनौती दोनों बढ़े हैं। दशा माँ का जोर बहुत बढ़ा है। क्योंकि लोगों को लगता है कि जहाँ कायदे-कानून और संविधान में लिखित समानता व सबके विकास हेतु बराबरी के अवसर मिलने चाहिए, ये बातें कागजी शेर जैसी हो गई हैं, वहाँ भगवान के बिना दूसरा सहारा नहीं। निराशाजनक परिस्थिति सृजित होती है तभी धार्मिक मानता और मान्यताओं में से यह बदहाली सहन करने की शक्ति मिलती है।

पढ़े-लिखे और नौकरी वाले वर्ग में इस मानता और मान्यताओं के मजबूत होने का कारण सामाजिक है। यदि वे बहुसंख्यक समाज के साथ रहें तो उनकी बदहाली चिंता का विषय बन जाए। मैं पेट भर कर खाऊँ और अपने पड़ोसी के पुत्रों को तड़पते देखता रहूँ और समानता की बातें करूँ, यह संभव नहीं होता। दूसरी तरफ उन्होंने गैर-दलितों का रहन-सहन अपनाते हुए उनके साथ मिलने का प्रयत्न किया है, पर वहाँ समानता की स्वीकृति संभव नहीं हुई।

अतः उन्होंने अपना निजी संगठन निर्मित किया है। बहुजन समाज की धार्मिक मानताओं व मान्यताओं में अपना स्वर मिलाते हुए सामाजिक संबंध बनाए रखा है।

धार्मिक मानताएँ व मान्यताएँ भले ही व्यक्तिगत लगती हों, पर वे संपूर्ण समाज पर असर डालती हैं अतः इन्हें बदलना हो तो सामूहिक प्रयास ही करना पड़ता है। इस सामूहिक प्रयास के परिणामस्वरूप गरीब बहुजन समाज अथवा बहुसंख्यक लोगों की, बुनियादी दशा सुधरनी चाहिए।

दलित गतिविधि और आंदोलन मात्र और अधिकांशतः सामाजिक समस्याओं के आधार पर ही चला है। अस्पृश्यता और अत्याचार के अलावा हमने तीसरे प्रश्न की बात नहीं की। जो शिक्षित हैं, वे मात्र मनुवादी विचारधारा को गालियाँ देकर आपस में एक-दूसरे की पीठ थपथपाते हैं।

ठोस आर्थिक कार्यक्रम दलित आंदोलन का महत्त्वपूर्ण मुद्दा है। क्योंकि आर्थिक स्थिति, सामाजिक स्थिति और धार्मिक मान्यताओं के बीच जो जुड़ाव है, उसे तोड़े बिना समानता की तरफ आगे नहीं बढ़ा जा सकता।

आर्थिक कार्यक्रम मैं अपने गाँव से ही शुरू कर सकता हूँ?

क्या मैं अपने गाँव की कब्जेवाली जमीनें खाली करा सकता हूँ?

क्या मैं हदबंदी या पट्टे की जमीनों का कब्जा ले सकता हूँ?

क्या मैं न्यूनतम वेतन के कानून को क्रियान्वित करा सकता हूँ?

क्या मैं परती जमीनें समाज के भूमिहीन लोगों के लिए ले सकता हूँ?

सबसे महत्त्वपूर्ण बात यह है कि मान्यता बदलने के लिए बहुमत की जरूरत है। बहुमत बल, सहारा, हिम्मत व प्रोत्साहन देता है। बहुमत मात्र संख्या के आधार पर हमेशा तय नहीं होता। किसी भी एक बात को मानने वाले लोगों का भी बहुमत खड़ा हो सकता है। दलित समाज व गरीब समाज बँटा हुआ है इसीलिए झूठी, भेदभाव का पोषण करने वाली मान्यताएँ नहीं बदलतीं।

दलित आंदोलन का उन्नीसवाँ कदम मुझे ललकारता है–

– क्या मैं अपने गाँव से ऐसा बहुमत खड़ा कर सकता हूँ ताकि ज्यादा से ज्यादा लोग अपनी गलत व धार्मिक कही जाने वाली मान्यताओं को बदल दें जो भेदभाव को चालू रखने में मददगार हैं? ...हाँ/ना

– क्या मैं ऐसी मान्यताओं को पकड़कर रखना चाहता हूँ? ...हाँ/ना

20

धर्म : असमानताजनक और विकृतिकारक

सन् 1992 में 'नवसर्जन' ने दलितों के पेयजल को लेकर होने वाली कठिनाई की समस्या को उठाया था। एक गाँव में दलित थोड़े समृद्ध थे पर पानी की सरकारी व्यवस्था न होने से पटेलों के निजी बोर पर पानी भरने जाते। वहाँ महिलाओं को गंदी गालियाँ पड़ती थीं—'घर माँडने तो आती नहीं, पानी भरने आती हैं।' महिलाएँ दुःखी हो गई थीं। 'नवसर्जन' ने प्रस्ताव सामने रखा कि हम हैंडपंप बनवा लें। व्यय लगभग 8000 रु. आता था। 'नवसर्जन' ने 4000 रु. की व्यवस्था करने का तय किया। प्रत्येक दलित परिवार के हिस्से में 200 रु. आते थे। लोग तैयार नहीं हुए, कहने लगे, 'हैंडपंप बनवाना हो तो सारे रुपए 'नवसर्जन' दे, हमारे पास पैसा नहीं।' 'नवसर्जन' ने बात समाप्त कर दी। दो माह बाद दलित इकट्ठा हुए, चंदा करके 50,000 रु. का मंदिर बनवाया। महिलाएँ अब भी वहाँ पानी के लिए गालियाँ खाती हैं।

क्या कारण है कि हमारे रहने के मकान बिलकुल टूटे-फूटे होते हैं परंतु मोहल्ले में बनवाया हुआ मंदिर चमचमाता, पक्की छत व फर्श वाला होता है?

क्यों हमारे पास बालकों को पढ़ाने के पैसे नहीं हैं लेकिन दान करने के लिए हैं?

जिस मंदिर या देवस्थान में मुझे प्रवेश नहीं करने दिया जाता; मुझे दुत्कारा जाता है, मैं उस मंदिर में जाने का आग्रह क्यों रखता हूँ?

किसलिए कर्जा करके, 5 रु. सैकड़े प्रतिमाह के भाव से उधार लेकर, जमीन बेचकर मैं माताजी का उत्सव मनाता हूँ।

किसलिए अंबेडकर ने ऐसा कहा कि हिंदू के लिए जात-पाँत के भेदभाव छोड़ना उसके लिए धर्म छोड़ने के बराबर है?

किसलिए दुनिया में सबसे ज्यादा लोग धर्म के झगड़े में मारे जाते हैं?

किसलिए एक ही धर्म के मानने वाले होते हुए लोग साथ बैठकर पानी नहीं पी सकते, खाना नहीं खा सकते, या एक दूसरे के साथ हाथ नहीं मिला सकते?

मनुष्य और पशु के बीच एक ही फर्क है। पशु जीने के लिए जीता है, जबकि मनुष्य एक ध्येय के लिए जीता है। मनुष्य में हमेशा कुछ बनने की, कुछ कर बताने की, कुछ हासिल करने की सतत अभिलाषा होती है। कारण, प्रकृति ने मनुष्य को स्वतंत्र मनुष्य के रूप में पैदा किया है। मनुष्य के जीवन से आनंद समाप्त हो जाता है तो वह आत्महत्या कर लेता है। पशु कभी आत्महत्या नहीं करते।

पर मनुष्य किसी ध्येय के साथ नहीं जन्मता। जैसे-जैसे उसकी समझ बढ़ती है, ध्येय उसके जीवन में आता है। प्रकृति की रचना ऐसी है कि इस धरती पर जन्म लेने वाले सभी मनुष्य अपने ध्येय पूरे कर सकें। इतनी गुंजाइश रहती है।

मनुष्य और समझ एक-दूसरे से बाँहों में लिपटे रहते हैं। जिसमें समझ होती है, वह मनुष्य समझा जाता है। पागल आदमी के साथ गंभीर चर्चा कोई नहीं करता। सब उसकी ओर दया से देखते हैं। वह चाहे जैसा बोले, तब भी सब उसे सह लेते हैं क्योंकि सभी उसे नासमझ मनुष्य मानते हैं। मुझे समझ कब आती है, और कौन देता है? कैसी समझ दी जाए, यह कौन तय करता है? समझ महत्त्वपूर्ण है। क्योंकि जैसी मेरी समझ होगी वैसा ही मनुष्य मैं बनूँगा। बालक समझदार आदमी बने, इसके लिए छः संस्थाएँ समझदारी देने का काम करती हैं।

1. **परिवार संस्था :** बालक देखकर व सुनकर सीखता है। अतः उसके घर में जो भाषा बोली जाती है वह सीखता है। घर में एक-दूसरे के साथ जैसा व्यवहार होता है, वैसा व्यवहार सीखता है। माँ-बाप व परिवार बालक को वही समझ देते हैं जो उनके पास होती है। घर का जो सामाजिक, आर्थिक वातावरण होता है बालक उसका अभ्यस्त होता है।
2. **शिक्षण संस्था :** पाँच वर्ष की उम्र में बालक पढ़ने जाता है, जहाँ मास्टर उसे पढ़ाते हैं। बालक को प्रेम-प्यार देकर सब के साथ बिठाया जाए या सबसे अलग यह भी मास्टर तय करता है। जब बालक प्रश्न पूछे तो उसका क्या जवाब दिया जाए, यह मास्टर अपनी समझदारी से तय करता है। शाला में बालकों के बीच अपने-अपने घर से जो समझ मिली है, तदनुसार एक-दूसरे के साथ व्यवहार तय होता है। शाला में बालक अपने प्रति जो व्यवहार होता है, तदनुसार अपने व दूसरों के बारे में एक समझ निर्मित करता है और 8-9 वर्ष की उम्र में यह समझ पक्की हो जाती है।
3. **समाज संस्था :** जब बालक चलना सीखता है तो अपने आप घर की

देहरी लाँघकर बाहर की दुनिया देखता है। पर वह छोटा होता है तब हम उसे गोद में लेकर बाहर ले जाते हैं और दूसरों से परिचित कराते हैं। लेकिन जब वह अपने आप घर से विद्यालय जाता है तो समाज के संपर्क में आता है। बाहर की दुनिया बालक के साथ एक खास प्रकार का व्यवहार करती है। बालक जिस जाति का होता है उसके आधार पर समाज उसका नाम बोलने से लेकर उसके साथ किस भाषा में बात करनी चाहिए (मान भरी या ओछी), यह तय करता है। उसके साथ जिस तरह का व्यवहार होता है, उस बारे में बालक माँ-बाप से प्रश्न पूछता है। बालक के प्रत्येक सवाल का माँ-बाप या संगे-संबंधी जिस तरह उत्तर देते हैं, उसके अनुसार बालक की अपनी व दूसरों की और दुनिया की समझ मजबूत होती है।

4. **धर्म संस्था :** हम मनुष्य में जितना विश्वास करते हैं उससे ज्यादा धर्म में विश्वास करते हैं। धर्म याने क्या? धर्म याने पुजारी, मौलवी, प्रचार, संत, साधु अपनी समझ से जीवन की तमाम बातों यथा—जन्म, मरण, पुनर्जन्म, भविष्य, ललाट के लेख, मूल्य, पाप, पुण्य, भक्ति की रीति, जप, तप, बाधा, मानता-मनौती, उपवास, छापा-तिलक, चमत्कार, धर्मशास्त्र, बालकों के पालन-पोषण की रीति, कर्म, जिंदगी का ध्येय, राजनीति के बारे में धर्म के नाम पर जो कुछ समझाया जाता है और उसमें से वह जो कुछ हमारे गले उतरता है। धार्मिक वस्तु असरदायी बन जाती है, क्योंकि वह भगवान के नाम पर हमें कही जाती है। अतः वह सीधी हमारे लहू में मिल जाती है। माँप-बाप, शिक्षक, समाज के मनुष्य की समझ धर्म की शिक्षा में से पैदा होती है और वह उत्तराधिकार में हमको मिलती है।

   नन्हा बालक रोने लगता है तो दवा दिलाने के बजाय कभी चूल्हे में फिटकरी डाल कर देखा जाता है कि किसकी नजर लगी है। बालक का नाम हम राशि देखकर रखते हैं। बालक बड़ा होता है तो हजार तरह की मान्यताएँ, मुंडन आदि किए जाते हैं। कुछ निर्णय लेना होता है तो दाने डालते हैं, राजनीति के उम्मीदवार चुनाव लड़ने का फार्म भरने से पहले मुहूर्त देखते हैं। इन सबको चाहे कोई अंध श्रद्धा कहे पर हकीकत में तो शुद्ध श्रद्धा है क्योंकि हम जानबूझ कर इन्हें मानते हैं।

5. **राज संस्था :** आखिर में हम जाति, गाँव या देश के संविधान में रहते

हैं। संविधान सबको अधिकार और कर्तव्य देता है। राज-काज चलाने वाले हमारे विचारों पर प्रभाव डालते हैं। कौन राज करता है? राजनीतिज्ञ होशियार है। उसका संबंध और ध्येय लोगों को अच्छे नागरिक बनाना नहीं है, वरन् सत्ता के साथ है। जिसके पास सत्ता होती है, उसके पास कानून, पुलिस, शिक्षा संस्थाएँ, प्रशासन, देश को चलाने की नीति होती है। अतः वे अपनी सत्ता बनाए रखने के लिए निरंतर लोगों के विचार गढ़ते हैं। ये विचार मनुष्य में बाल्यावस्था से गढ़े जाते हैं अतः ये विद्यालय और धर्म को निशाना बनाते हैं। साधुओं, मौलवियों या पादरियों को राजनीति में ज्यादा आनंद क्यों आता है? किसलिए राजनीतिज्ञ बालकों को क्या पढ़ाना चाहिए, यह तय करने में इतना समय, शक्ति व पैसा खर्च करते हैं? ऐसा इसलिए होता है कि अगर नींव से ही एक तरह की समझ बन जाती है तभी तो खास प्रकार की समाज व्यवस्था टिक सकती है।

6. **प्रचार संस्था :** मनुष्य अर्थात् जिज्ञासा। नया जानने की उत्कंठा। जानकारी से समझ बढ़ती है और निर्मित होती है। अगर मैं पढ़ा हुआ नहीं होऊँगा तो अपने पोतों से जानूँगा कि अखबार में क्या समाचार है। रेडियो, टेलीविजन बराबर यह जानकारी देते हैं। देश में सौ घटनाएँ घटित होती हैं, उनमें से किन दो को छापा या दिखाया जाए, यह अखबार के मालिक या टीवी कंपनी वाले तय करते हैं। जो राजनीतिक दल ज्यादा पैसा देते हैं, अखबार उनके गुण गाते हैं। अखबार के मालिक कौन हैं? टीवी की कंपनी किसके पैसों से चलती हैं?

ये छह संस्थाएँ मेरी खास प्रकार की समझ को बढ़ा या घटा कर मुझे खास प्रकार का मनुष्य बनाती हैं। खास प्रकार की समाज व्यवस्था कायम करनी हो तो खास प्रकार की समझ वाले मनुष्य बनाने पड़ते हैं। हमें सब्जी को तीखा करना हो तो मिर्ची डालते हैं, खट्टा करना हो तो दही या छाछ डालते हैं, मीठा करना हो तो गुड़ डालते हैं, वैसे ही जात-पाँत के भेदभाव कायम रखने हों तो खास प्रकार की समझ कायम रखनी पड़ती है। अतः जो लोग सत्ता में होते हैं, वे अपनी सत्ता का उपयोग करके इन सभी संस्थाओं का एक या दूसरी तरह से उपयोग करते हैं।

परंतु जात-पाँत के आधार पर ऊँच-नीच के भेदभाव को बनाए रखने के लिए मुझे बहुसंख्यक लोगों से हाँ कहलानी पड़ेगी। जो लोग समाज में सबसे नीचे हैं और भेदभाव को सहन कर रहे हैं, उनके दिमाग में यह विचार ठूँसना पड़ता है कि तुम्हारी दशा के लिए तुम और तुम्हारे कर्म उत्तरदायी हैं। जिन लोगों को इस

भेदभाव से लाभ होता है, उनके गले यों उतारना पड़ता है कि तुम जो यह मौज कर रहे हो, यह तुम्हारे कर्मों का फल है। अतः ज्यादातर भोगने वाले और मौज करने वाले एक-दूसरे का विरोध नहीं करते। ऐसी बिना सोची-समझी अस्पष्ट नीति में धर्म ही उबाल ला सकता है। क्योंकि हमें धर्म पर बहुत विश्वास है अतः इसके नाम पर जो चाहें आसानी से गले उतारा जा सकता है।

धर्म कुम्हार के चाक जैसा है। कोमल बालक माटी के लौंदे हैं। लौंदे को धर्म के चाक पर चढ़ा कर शेष सभी संस्थाएँ कुम्हार के रूप में उस माटी के घड़े बनाती हैं। एक बार जब घड़ा बन जाता है तो फिर उसे सुधारा नहीं जा सकता। उसका आकार बदलना हो तो उसे फोड़ना पड़ता है। चिकने घड़े पर पानी की बूँद नहीं ठहरती।

सच्चा धर्म वही कहलाता है जो मनुष्य को जिंदगी में सम्मान दे, दूसरों के दुःख से दुःखी होने की प्रेरणा दे और सभी लोगों को एक-समान देखने की दृष्टि दे। धर्म के मुखिया मेरे अनुभव, मेरी परिस्थिति में हों, तभी वे मेरे पैर मजबूत कर सकते हैं।

वर्तमान धर्म हमारे हाथ-पैर, दिमाग-बुद्धि, विचार सबको निर्बल कर देता है और पेट को घड़े जैसा कर देता है, जिससे मैं अपने पैरों से चल नहीं सकता, अपने हाथों से अपनी मान्यता के अनुसार काम नहीं कर सकता या अपनी बुद्धि से सोच नहीं सकता, क्योंकि मेरे पेट का भार मैं जहाँ हूँ वहीं मुझे चिपकाए रखता है।

माटी सही है, कठिनाई चाक के साथ है।

दलित आंदोलन में जब मैं बीसवाँ कदम रखता हूँ तब मेरे सिर पर एक बड़ा उत्तरदायित्व आ जाता है। इसका निर्वाह करने के लिए मुझे स्वयं से एक प्रश्न पूछना होगा।

— क्या मैं अपने बालकों को लाल सुर्ख अंगारे जैसा बनाने हेतु चाक बदलने को तैयार हूँ?

...हाँ/ना

21

भाषा : दीये की बाती

14वीं से 18वीं सदी के लगभग 400 वर्ष के अंतराल में अफ्रीका महाद्वीप के अलग-अलग क्षेत्रों में डेढ़ से पौने दो करोड़ लोगों को जंजीरों से बाँधकर, पशु की तरह गुलाम बनाकर अमेरिका और यूरोप की गोरी जनता ने उनसे हाड़तोड़ परिश्रम करवाकर अपनी सत्ता बढ़ाई थी। गोरे लोग गुलामों को खाना देते थे। पहनने-ओढ़ने को भी देते थे। पर उन्होंने एक बात पर प्रतिबंध लगाया कि गुलाम अपनी भाषा में बात नहीं करेंगे। इसलिए उन्हें अंग्रेजी पढ़ाई गई।

इन काले लोगों को उनकी मातृभाषा में क्यों नहीं बोलने दिया? क्योंकि इन लोगों को गुलामी के खिलाफ बगावत करने, विरोध करने या स्वयं को आजाद होने के लिए संघर्ष करने में, उनकी अपनी भाषा ही काम में आती। अगर इन लोगों से इनकी अपनी भाषा न छीनी जाती तो वे आत्मीयता से एक-दूसरे के साथ अपने दुःखों की बातें कर सकते थे।

अपने यहाँ भी एक खास प्रकार की भाषा सुसंस्कृत गिनी जाती है और खास प्रकार की भाषा गँवारू मानी जाती है। गाँव का आदमी सभा में अपनी बात कहने को खड़ा हो तो सभी हँसने लगते हैं। इस पर वह शर्मिन्दगी के साथ अपनी बात बंद कर देता है। वह अपनी बात शहरी भाषा में नहीं कर सकता।

दूसरी तरफ जो लोग शहर में पढ़ते हैं, वे गाँव में आकर शहर की भाषा में सबों को सुधरने की सलाह देते हैं। भाषण में ऐसे भारी-भरकम शब्द यथा, 'विचारधारा', 'संस्कृति', 'क्रांति', 'समाज-परिवर्तन', 'सांस्कृतिक विरासत' और दूसरी तरह-तरह की शायरी बोलते हैं कि अधिकांश लोगों को शर्म के मारे बैठना पड़ता है, इसलिए बैठे रहते हैं।

अर्थात् एक ही समाज के व्यक्ति, एक समान समस्या को लेकर संघर्ष के लिए निकलने के बावजूद उस समस्या को, उसकी मूल जड़ की, उसके समाधान

की बात नहीं कर सकते। भाषा एक ही समाज के दो भागों को सुसंस्कृत और गँवारू बना देती है।

हमारे मन में ऐसा विचार क्यों आता है कि हमें ज़िंदगी में आगे बढ़ना हो, भेदभाव की पकड़ से आजाद होना हो तो हमें अपनी भाषा और बोलने की छटा बदलनी पड़ेगी? इसका कारण यह है कि जिन्हें हम उच्च जाति का समझते हैं अथवा जिन्हें सभ्य मानते हैं उनकी भाषा को हम अच्छी मान लेते हैं और उससे आगे बढ़कर हमारी जो भाषा है, जिसे हमारा बहुसंख्यक समाज और हमारे माता-पिता बोलते हैं, उसे हम हल्की मान लेते हैं।

मनुष्य की पहचान, उसकी मनुष्यता का परिचय, उसके विचारों और मान्यताओं के आधार पर होता है। वह कैसी बोली बोलता है, उससे मनुष्यता की परीक्षा नहीं होती। मुझे अपनी बात कहनी हो तो मैं अपनी बोली में या भाषा में ही बेहिचक प्रभावी ढंग से कह सकता हूँ।

इस विषय में हमें गाँधी जी से बहुत सीखने को मिलेगा। विलायत में वे कोट-पैंट पहनकर अंग्रेजी बोलते थे, फिर धोती पहनना शुरू किया। अंग्रेजों ने उन्हें 'नंगा फकीर' कहा पर उन्होंने कहा, 'यह मेरे देश की बहुसंख्यक जनता की रीति है।' कपड़ों और भाषा के आधार पर ही भारत की जनता पर अंग्रेज रोब जमाते हुए स्वयं को सुसभ्य मानते थे, उस मान्यता को गाँधीजी ने चकनाचूर कर डाला। धीरे-धीरे लोग अंग्रेजों को सुसभ्य के रूप में देखने के बजाय स्वयं को गुलाम बनाने वाले मनुष्य के रूप में देखने लगे, परिणामतः आजादी की भूख तेज हुई।

दलितों पर होने वाले अन्याय को अंबेडकर जिस तरह प्रस्तुत कर सके, वैसे गाँधीजी नहीं कर सके। इसका कारण यह था कि, अंबेडकर की भाषा उनकी वेदना से भरी थी। यह वेदना उनके अनुभव से निकली थी। उस वेदना से रहित भाषा का कोई अर्थ नहीं होता जिसे सिर्फ सुसभ्य भाषा मानकर ही बोला जाता है।

दलित आंदोलन में भाषा महत्त्वपूर्ण क्यों है? क्योंकि भाषा मेरी मनुष्यता का परिचय देती है। जो लोग स्वयं को उच्च वर्गीय मानते हैं, उन्होंने दलितों की भाषा को विकृत करना शुरू किया। मेरा नाम करशन हो तो वे करशनियो कहकर बुलाते, लालजी हो तो लिलायो कहते हैं। भाषा में उन्होंने दलितों का अपमान करना शुरू किया। उन्होंने कहावतें भी ऐसी ढूँढ़ीं जिनसे जाति के आधार पर तिरस्कार बढ़े, उदाहरणार्थ 'ढेढनुं छैयुं ढोकळे राजी', (ढेढ का बेटा ढोकले से खुश); 'अन्न तेवो ओडकार' (जैसा अन्न, वैसी डकार); 'घो मरवानी थाय त्यारे वाघरी वाडे जाए'; (अर्थात् जब घो की मौत आती है तो वाघरी बस्ती की ओर भागती है) इत्यादि भाषा से उन्होंने स्वाभिमान तोड़ना शुरू किया, क्योंकि भाषा के साथ उज्जडपना, तिरस्कार,

अरुचि और गुस्सा भी निकलता था। उसके प्रभाव में हमने अपने फूल जैसे पुत्र-पुत्रियों के कैसे नाम रखने शुरू कर दिए? कचरो, घेलो, गांडो, धुळियो, मफतो, पोचो, धूळी, लघरो, मेलो इत्यादि। मेरा नाम खोड़ाभाई धनजीभाई परमार हो, तब भी पटवारी रजिस्टर में लिखेगा, 'खोडिया धनिया ढेढिया।' इस अपमान के खिलाफ लड़ने के लिए मुझे अपनी बोली, अपनी भाषा बदलनी चाहिए या फिर मुझे बेअदबी से बुलाने वाले की असभ्यता को जड़मूल से उखाड़ फेंकना चाहिए? इस अपमान में से स्वाभिमान उत्पन्न करने के लिए मुझे भी अपने भाई-बहन को इसी तरह बुलाना चाहिए या उस ढंग से बुलाना चाहिए जिससे उनकी इज्जत-आबरू बढ़े।

जागृति के एक चरण पर हम भाषा द्वारा अपमान का बदला लेते हैं, अतः दलित पटेलों को 'डूचा', 'कणबा' या ब्राह्मणों को 'बामणा' कहकर बुलाते हैं। पर इससे न मेरा सम्मान बढ़ता, न ही सामने वाले को अपनी गलत मान्यता बदलने का अवसर मिलता है।

पढ़े-लिखे लोग अपनी भाषा को हल्का मानकर उसे सुधारने का प्रयत्न करते हैं, पर गैर-दलितों या तथाकथित उच्चवर्ग की जैसी इच्छा होती है उसी ढंग से बुलाते हैं। किसी भाई का नाम हठीसिंह हो तो उसे 'हठीसिंह बापू' कहकर बुलाते हैं। कारण यह है कि हठीसिंह नाम बोलते समय उसमें से जो हिंसा होती है उसका डर लगता है।

दलित आंदोलन की प्रभावोत्पादकता उसकी भाषा में निहित है। जिन्हें अपने मन में उच्चवर्गीय, शोषक, अन्यायी, भेदभाव के पोषक मानूँ, उसी की भाषा में मैं अपने समाज का स्वाभिमान, संगठन मजबूत करने लगूँ, यह कैसे संभव है? शिक्षित रहते हैं गाँव में ही, पर भाषा से अपने आप को अपने समाज से अलग रखने की कोशिश करते हैं।

भाषा दीये की बाती जैसी होती है। दीये की बत्ती डोरा हो तो दियासलाई जलाते ही सुलग जाती है। और डोरा मोटा हो तो भभककर सारा केरोसीन जला देती है। अगर वह माप में बराबर हो तो उत्तम से उत्तम, मेरी पसंद का प्रकाश देती है। शब्द महत्त्वपूर्ण नहीं होते, उन शब्दों के पीछे जो विचार है, दुःख है, वेदना है, आशा है, आजादी का संदेश है, गुलामी के खिलाफ विरोध है वह महत्त्वपूर्ण है।

यह महत्त्वपूर्ण है कि दलित आंदोलन की अपनी भाषा हो। आंदोलन में इक्कीसवाँ कदम रखते समय अपनी भाषा के बारे में क्या मैं स्वयं से एक प्रश्न पूछ सकता हूँ?

— क्या मैं ऐसी भाषा व्यवहार में लाने हेतु के लिए तैयार हूँ, जिससे बहुसंख्यक समाज के साथ मेरी बातचीत हो सके? ...हाँ/ना

– क्या मैं अपने समाज के सदस्यों, स्त्रियों और बालकों को इस ढंग से बुलाने के लिए तैयार हूँ जिससे उनका सम्मान सुरक्षित रहे? ...हाँ/ना
– क्या मैं ऐसी भाषा का विरोध करने को तैयार हूँ, जो दलित गौरव व संस्कृति को निस्तेज करे? ...हाँ/ना
– क्या मैं अपने समाज के सदस्यों को वह भाषा सुधारने की सलाह दूँगा जो वे बेखटके बोलते हैं? ...हाँ/ना

22

समानता के लिए संघर्ष : अलग धनुष और अलग बाण

जंगल में एक सिंह रहता था और उसे शिकार की कोई गरज नहीं थी। जो भी प्राणी उसकी फेंट में आ जाता वह उसी को मार देता था। सारे प्राणी घबरा गए और सबने मिलकर सभा की। सभी को लगा कि सिंह अगर यों अंधाधुंध मारना चालू रखेगा तो सभी जल्दी मर जाएँगे। इसलिए सभी ने सिंह के साथ सभा की और कहा—'हम रोजाना एक प्राणी को आपके घर भेज देंगे, पर आप सभी को मारना मत' सिंह तैयार हो गया। एक के बाद एक प्राणी उसके घर जाने लगे। एक दिन नन्हे खरगोश की बारी आई। उसने आजाद होने का मार्ग सोचा और जानबूझकर सिंह के घर जाने में देरी की। खरगोश को आते देखकर सिंह ने दहाड़ मारी, 'आज सभी को मार डालूँगा। देरी से कैसे आया? तुझे खाने से क्या मेरा पेट भरेगा?' खरगोश ने नम्रता से कहा—'अरे बापू! मैं तो समय पर आने के लिए ही निकला था, पर जंगल में नया सिंह आया है, उसने मुझे पकड़ लिया। मैंने उसे आपकी बात कही, बहुत विनती की, तब उसने मुझे यहाँ आने दिया।' सिंह को बड़ा क्रोध आया। 'कौन है वह हरामी? अभी की अभी मुझे बता। मैं उसे खत्म कर डालूँगा।' खरगोश उसे दूर एक कुएँ के पास ले गया और दूर से कहा, 'सरकार, वह उस कुएँ में छिपा हुआ है।' सिंह ने कुएँ में झाँका तो उसे पानी में अपना ही चेहरा दिखा। उसने दहाड़ मारी। सामने से उसकी ही आवाज की प्रतिध्वनि सुनाई पड़ी। होश गँवाकर सिंह ने कुएँ में छलाँग मारी और जंगल से उसका त्रास समाप्त हो गया।

बहुधा सभा में, भाषण में, बातचीत में जो स्वयं को हमसे ऊँचा मानते हैं, उनको हम दुःखी होकर कह देते हैं कि 'हम भी तुम्हारे जैसे मनुष्य हैं।'

सवाल यह है कि क्या हम उनके जैसे ही मनुष्य हैं? जो अपने आप को दूसरों से 'ऊँचा' मानता है, क्या वह मनुष्य कहलाता है?

सबसे पहली बात यह कि हम जब तक उनसे अलग नहीं होंगे तब तक ऊँच-नीच के भेदभाव और अन्याय के विरुद्ध लड़ नहीं सकेंगे। हम उनके जैसे ही हो जाएँगे तो फिर लड़ाई किसके सामने लड़नी है?

उत्तर प्रदेश के लखनऊ शहर में दलित आंदोलन की सभा चल रही थी और उसमें महिलाओं को कैसे सशक्त बनाया जाए, इसे लेकर बात चल रही थी। मंडप में आगे पाँच महिलाएँ बैठी सभा का संचालन कर रही थीं। एक के बाद एक पुरुष माइक पर आकर एक ही बात कहने लगे 'ये जमींदार हमारी माँ-बहन, पत्नी-बेटी पर बलात्कार करके उनकी इज्जत लूटते हैं, अतः हमें भी संगठन करके उनकी माँ-बहन-पत्नी की इज्जत लूटनी चाहिए।' सभा में सब पुरुष ही थे, अतः ऐसा सुनकर तालियों की गड़गड़ाहट हो रही थी।

मुझसे ज्यादा सहन नहीं हुआ इसलिए मैंने खड़े होकर प्रश्न पूछा कि 'हमें भी स्त्री पर बलात्कार करना चाहिए, तो फिर उनमें और हममें फर्क क्या है?' क्या आप ऐसी बात कहना चाहते हैं कि अगर मुझे उनकी स्त्री पर बलात्कार करने का मौका मिले तो मुझे मेरी माँ-बहन-बेटी-पत्नी पर बलात्कार होने से कोई एतराज नहीं?

बात इतनी ही है कि माँ दूध पिला सकती है। माँ कभी जहर नहीं पिला सकती। जो हाथ बालक के सिर पर आशीर्वाद के लिए बने हैं, वे बालक का गला नहीं दबा सकते। डॉक्टर ज़िंदगी बचाता है। हत्या करने वाला डॉक्टर नहीं कहलाता।

परंतु मुझे ऊँच-नीच की व्यवस्था में खुद को ऊँचा कहने वाला जो बरताव करता है, वैसा ही करने का विचार आता है, 'वही सत्य है। अब ऐसा ही विचार क्यों आता है, इसका मूल हमें ढूँढ़ना पड़ेगा।'

मेरे मन में और मेरे विचार में दलित और गैर-दलित ये दो भाग हैं। मेरे विचार से ऊँच और नीच के, दो मेरी खुली आँखों से देखे व अनुभव किए जा सकें ऐसे भाग हैं। अब जब मैं समानता के लिए लड़ने की बात करता हूँ, तब ऐसा व्यक्ति बनने की बात करता हूँ जिसे समाज में कोई 'नीचा' न समझे। याने मैं किस व्यक्ति से सुनना चाहता हूँ कि 'भाई, तुम नीचे नहीं।' मेरा सगा भाई, माँ, बहन, बाप कहे तो उससे मुझे कोई फर्क नहीं पड़ता।

संक्षेप में, जो व्यक्ति नीचा मानता है, वही मुझे नीचा न माने, ऐसी आशा रखता हूँ। याने मैं ऐसे व्यक्ति की कंठी पहनना चाहता हूँ, जो मुझे नीचा मानता है। अतः जब तक वह गुरु मुझे 'समान मनुष्य' का प्रमाण-पत्र न दे, तब तक मैं समान बनने की प्रतीक्षा करता हूँ।

अब यह गुरु मुझे क्या पढ़ाएगा? वही पढ़ा सकेगा जो उसे आता है। उसे क्या आता है? उसे आता है मनुष्य के 'ऊँचा' व 'नीचा' दो भाग करना। उसे आता है शोषण करना, अन्याय करना। उसके मुँह से सिर्फ जहर ही निकलता है। अतः मैं जबसे इसे अपना गुरु मानूँगा तब से यह मुझे ऐसी ही शिक्षा देगा।

अर्थात् समानता के लिए संघर्ष हेतु निकला मैं 'ठाकुर' व 'ब्राह्मण' बन जाता हूँ।

मैं गाँव के 'बापू' के पास जाकर कहूँ कि, 'बापू, मुझे मेरी माँ का बारहवाँ करना है, अतः यह जमीन रखता हूँ, मुझे रुपए दे दो।' तो वह मुझे क्या कहेगा? यों कहेगा, 'अरे मेरे प्यारे भाई, तू पागल मत बन। ये सारे गलत रिवाज हैं। तू मेरे पास जमीन रखेगा तो फिर कभी छुड़ा न सकेगा। तू, तेरी पत्नी और बेटे मेरे लिए बेगार करके मर जाओगे।'

मैं जब तक स्वीकार न करूँ कि मैं इसके जैसा नहीं, तब तक असमानता के खिलाफ लड़ नहीं सकूँगा, दलित गैर-दलित हो जाएगा तो फिर दलित आंदोलन की जरूरत ही कहाँ है?

दलित आंदोलन की बुनियाद में भेद है। मूल्यों के भेद, सिद्धांत के भेद, समझ के भेद, और इसीलिए जिन धनुष व बाण से समानता का नाश होता है, उन्हीं धनुष व बाण से मैं असमानता का नाश नहीं कर सकता।

सब्ज़ी खारी हो जाए तो क्या ज्यादा नमक डालने से ठीक हो जाएगी?

धोलका तहसील में दलितों ने सम्मान व समान अधिकार के साथ पेयजल प्राप्त करने हेतु संघर्ष किया। किसी गाँव में महिलाओं को अपने घर से बहुत दूर पानी भरने जाना पड़ता था। वर्षा ऋतु में घर से कुएँ जाते समय इतना कीचड़ होता था कि घुटने तक पैर भर जाते और कभी फिसल जाएँ तो हड्डियाँ टूट जाएँ। अतः खासतौर से पाइप लाइन डलवाकर घर तक कनेक्शन ले लिया गया।

यह बात सुनकर महाराष्ट्र, अंबेडकर की भूमि में जन्मे क्रांतिकारी दलित युवकों ने विरोध किया, 'तुमने अलग से पानी की व्यवस्था की, क्या इसे संघर्ष कहते हो?' तब मैंने कहा, 'क्या आप मुझे समझाएँगे कि मैं गाँव के कुएँ से पानी पी सकूँ, तभी समान कहलाऊँगा', ऐसी शर्त मेरे मन में किसने लगाई? गाँव के खुले कुएँ से ऐसा पानी जिसमें मिट्टी, पत्ते, पक्षियों की बीटें पड़ी हों, पीने की बजाय मेरे घर के पास नल में स्वच्छ पानी प्राप्त कर सकूँ तो एतराज क्या है? वैसे भी पुरुष पानी नहीं लाते, इसलिए क्या मेरी माँ-बहनों से कहूँ कि, 'तुम्हारी टाँगें टूटें तो कोई अफसोस नहीं, पर हमें पानी तो गाँव के कुएँ से ही भरना है?'

समानता की लड़ाई लड़ने की व्यूह-रचना, पद्धति व इस लड़ाई के शस्त्र मुझे स्वयं ही ढूँढ़ने होंगे।

पूना समझौते का झगड़ा हुआ और अंबेडकर टस से मस नहीं हुए तो गाँधीजी ने कहा—

'देखो अंबेडकर, दलितों के लिए कितने मंदिर खुल रहे हैं।' तब अंबेडकर का प्रत्युत्तर बड़ा तीव्र था, 'मेरी समस्या मंदिर प्रवेश की नहीं है। मुझे मेरे समाज के लिए आर्थिक व राजनीतिक अधिकार चाहिए। वैसे भी ऐसे मंदिर दलितों के लिए खोले गए हैं जहाँ अभी तक कुत्ते-बिल्ली ही जाते थे।'

समानता की लड़ाई तो तभी जीती जा सकती है, जब उसका नियंत्रण मेरे हाथ में हो। क्योंकि समानता किसे कहते हैं, इसका मुझे पता है। गैर-दलित जिसे समानता मानता है, वह वस्तुतः असमानता है; जिसे वह अधिकार मानता है वह वस्तुतः दूसरों का पसीना है, हराम की कमाई है और वह जिसे सम्मान मानता है, वह उसका घमंड है।

मुझे मेरा व मेरे समाज का गुरु बनना है और मुझे गैर-दलित का भी गुरु बनना है। मुझे उसको आदमी बनना सिखाना है, वह मनुष्य नहीं है, तभी तो गैर-दलित है और तभी तो यह असमानता बनी हुई है।

मेरी मुश्किल यह है कि प्रकृति ने मुझे कोरा मस्तिष्क दिया है, जिसे मैंने गैर-दलित के यहाँ गिरवी रख दिया है। वह अपने दिमाग से मेरे मस्तिष्क का संचालन व प्रबंधन करता है। मुझे मेरी आजादी की शुरुआत मेरी स्वतंत्रता से सोच कर करनी होगी।

'नवसर्जन' का एक साथी अपने गाँव के एक अहीर के यहाँ किसी काम से गया। अहीर कुर्सी पर बैठा था। उसने हमारे साथी का स्वागत किया और उसे बिठाने के लिए जमीन पर बोरी बिछाई। हमारे साथी ने विरोध नहीं किया। बोरी पर बैठकर काम निबटा कर वह घर आ गया। थोड़े दिनों के बाद अहीर को कुछ काम आ पड़ा, इसलिए वह हमारे साथी के घर आया। साथी अपने माता-पिता के साथ चारपाई पर बैठा था। साथी ने और उसके पिता ने जमीन पर बैठकर अहीर को चारपाई पर बिठाने की परंपरा तोड़ी। अहीर के लिए जमीन पर बोरी बिछाई। अहीर बड़ा अचंभित हुआ। उसे बुरा लगा। उसे लगा कि उसका अपमान हो गया।

इसलिए साथी ने शांति से उसे समझाया। 'भले आदमी, तुम हमें यों मत कहना कि तुम आदमी ही नहीं कहलाते और तुम्हें कुछ नहीं आता?' अहीर आगे कुछ नहीं बोला, इसलिए साथी ने आगे कहा। 'हमने जो कुछ सीखा है, तुम्हारी संगत में सीखा है। इसलिए कुछ गलत सीखा हो तो वह तुम्हीं ने सिखाया है। हमने यही सीखा कि घर पर मेहमान आए तो बोरी बिछा देनी चाहिए। इसमें कुछ गलत हो तो बापू, तुमको हमें सही सिखाना पड़ेगा न!' अहीर चल दिया।

हमारा साथी अहीर के रूप में असमानता की विचारधारा में मानने वाले व्यक्ति के शस्त्रों से नहीं, पर अपने सामाजिक न्याय व समानता के लिए संघर्ष करने वाले व्यक्ति के शस्त्रों से लड़ा और इस लड़ाई को लड़ने के लिए उसे किसी घातक हथियार की जरूरत नहीं पड़ी। पर यह शस्त्र इतना पैना था कि सामने वाले व्यक्ति की वर्षों की मान्यता, अपने बारे में मिथ्या विचार, घमंड सभी कुछ एक मिनट में उसी के हाथों समाप्त करा दिया। उसका अपमान किया, पर इसके लिए उसे ही जिम्मेदार ठहराया।

पूरी दुनिया में समानता की लड़ाई जहाँ भी लड़ी गई है, उसका अध्ययन करेंगे तो पता लगेगा कि असमानता के शिकार बने लोगों ने अपने स्वतंत्र विचार, भाषा, शिक्षण व मान्यताएँ विकसित की थीं और इन सब के आधार पर ऐसे कार्यक्रम बनाए थे जिनके कारण से शोषण और भेदभाव का आचरण करने वाले व्यक्ति की मान्यताएँ, विचार एवं विचारने की रीति खत्म हो गई।

दलित आंदोलन के सदस्य के रूप में आंदोलन का बाईसवाँ कदम रखते समय इस बारे में कुछ प्रश्न मुझे स्वयं से पूछने होंगे–

– क्या मैं गैर-दलित के प्रभाव से और विचारों की पकड़ से स्वतंत्र होने को तैयार हूँ? ...हाँ/ना

– क्या मैं मानता हूँ कि असमानता को मानने वाला मेरा गुरु कभी नहीं बन सकता? ...हाँ/ना

– क्या मैं मानता हूँ कि असमानता की लड़ाई के लिए हथियार मुझे ही बनाने होंगे? ...हाँ/ना

– क्या मैं मानता हूँ कि गैर-दलित समान नहीं, इसलिए मनुष्य नहीं? ...हाँ/ना

– क्या यह सच है कि गैर-दलित मनुष्य नहीं, इसलिए क्या मैं उनके जैसा बनना नहीं चाहता? ...हाँ/ना

23

सिर पर मैला और हृदय में मैला

एक शहर में बौद्ध साधुओं का मठ था। उन्होंने तय किया कि भगवान बुद्ध की एक विशाल और सुंदर मूर्ति बनवाएँ। सारे बौद्ध भिक्षु शहर में निकल पड़े। सभी लोग यह विचार सुनकर खुश हो गए और मुक्त हस्त से दान देने लगे। किसी ने सोने के गहने दिए तो किसी ने चाँदी के। सारा दान आ जाने पर मूर्त्ति बनाने वालों ने साँचा बनाया। सारे गहने पिघलाये गए और पिघली हुई धातु को साँचे में डाला गया और उसे ठंडा होने दिया गया। कुछ दिनों बाद साँचा खोला तो सभी निराश हुए। बुद्ध के चेहरे पर एक तिराड़ पड़ गई थी।

लगा कि धातु को पिघलाने में कोई भूल हो गई होगी। फिर से धातु को पिघलाकर साँचे में डाला गया। साँचा खोला तो फिर से वही तिराड़। सबसे वयोवृद्ध साधु ने सारे भिक्षुओं को इकट्ठा किया और पूछा, 'तुम में से किसी ने किसी मनुष्य से दान लेने से इनकार तो नहीं किया था न?' एक युवा भिक्षुक ने कहा, 'एक गरीब आदमी ताँबे का पुराना सिक्का देना चाहता था। मैंने सोचा कि इतने सारे सोने-चाँदी में यह सिक्का मेल नहीं खाएगा।' वृद्ध साधु स्वयं जाकर वह सिक्का ले आए और फिर से पिघलाकर साँचे में डाला। साँचा खुला तो हँसते-मुस्कराते चेहरे वाले सुंदर बुद्ध की मूर्ति बाहर आई।

जात-पाँत की व्यवस्था में जो सबसे नीचे दबे हुए हैं और पूरे गाँव के निवासियों के मल-मूत्र को सिर पर रखकर सबको जीवित रखते हैं, क्या वे वाल्मीकि भाई-बहन दलित गिने जाते हैं? दलित शिक्षकों के साथ अभी एक शिविर किया था। बातों का दौर ऐसा था कि दलित बालकों के साथ शालाओं में भेदभाव रखा जाता है या नहीं। पहले तो सभी ने मना किया। बात आगे चली तो एक शिक्षक ने कहा—'मैं वाल्मीकि शिक्षक हूँ। जबसे एक गाँव की शाला में मेरी नियुक्ति हुई है, तब से बाकी के दलित शिक्षक अपना पानी का मटका मुझसे अलग रखते हैं।'

'नवसर्जन' का एक कार्यकर्त्ता वाल्मीकि था और सभी कार्यकर्त्ता उसके वहाँ आते-जाते और खाना खाते, इससे उस गाँव के बुनकर और रोहित भाई-बहनों ने इन कार्यकर्ताओं को अपने यहाँ आने से मना कर दिया।

मूलतः वाल्मीकि या सफाई कर्मचारी का काम करने वाली कोई खास या अलग जाति नहीं थी। छप्पन के अकाल के समय गुजरात से और तब के सौराष्ट्र से बुनकर और रोहित रोजी की तलाश में मुंबई और कर्नाटक गए और उनको वहाँ सफाई का काम मिला।

दक्षिण भारत में भी 'दक्कल' के नाम से परिचित बड़े अकाल के समय भूख से बचने के लिए कोलार की सोने की खानों में लाखों खनिकों के मलमूत्र की सफाई का काम दलितों ने स्वीकार किया।

सरकारी आँकड़ों के अनुसार आज इस नरक उठाने के गंदे काम में सरकार द्वारा दसेक लाख लोगों को लगाया गया है। इस काम का आजादी के आंदोलन के दौरान सबसे बड़ा विरोध गाँधीजी ने किया और वे स्वयं मल-मूत्र साफ करने के काम में स्वयंसेवक बने थे। इस काम में संख्या घटने के बदले बढ़ ही रही है। बड़े-बड़े आविष्कारों के बाद भी इस काम की पद्धति वैसी की वैसी है जैसी 100 वर्ष पूर्व थी।

इस समस्या को लेकर 'नवसर्जन' ने संघर्ष किया, तब भाजपा के प्रमुख मंत्रियों ने इस समस्या को नया मोड़ दिया। उनके अनुसार—'मुस्लिम बादशाहों ने, तब यह व्यवस्था शुरू की थी जब उनकी बेगमें घर में रहती थीं।' भाजपा से दो सवाल पूछने हैं—

पहला प्रश्न :

"अभी तो मुस्लिम बादशाह राज नहीं करते, तब ऐसा कौन कहता है कि यह प्रथा बंद नहीं होनी चाहिए?"

दूसरा प्रश्न :

"इस समय अधिकांश लोग जो सूखे शौचालय और डिब्बा शौचालय घर में रखते हैं, वे ठाकुर, जैन व अन्य उच्च वर्गीय हैं। ये सब क्या मुस्लिम बादशाहों के उत्तराधिकारी हैं जो इस प्रथा को चालू रखे हुए हैं?"

इस प्रश्न में सबसे बड़ा जवाब, हम सब को देना है जो दलित के रूप में पहचाने जाते हैं। क्या हम इन भाई-बहनों के साथ बैठकर कभी चाय-पानी पीते हैं? अपने दलित आंदोलन में हमने अस्पृश्यता और अत्याचार का मुद्दा उठाया है, उसमें क्या कभी हम वाल्मीकियों के प्रति जो भेदभाव एवं अस्पृश्यता रखते हैं उसकी बात करते हैं?

यदि हम यों कहें कि दलित आंदोलन चलाने की शक्ति हमें अपने शोषण, भेदभाव तथा होने वाले अन्याय से मिलती है तो हमसे भी ज्यादा भेदभाव वाल्मीकि भाई-बहन भोग रहे हैं। उनके अनुभव की शक्ति का तेज हम पर पड़े, क्या हम ऐसा चाहते हैं?

ऐसा तो नहीं कि 3000 वर्षों से हम ऊँच-नीच के भेदभाव और असमानता के राक्षस को मारने के लिए जो शस्त्र बनाने में जूझ रहे हैं, वह इस वजह से धारदार नहीं बन पा रहा क्योंकि हम उसमें वाल्मीकि भाई-बहनों के योगदान को नहीं जोड़ रहे हैं?

दलित आंदोलन में तेईसवाँ कदम रखते समय मुझे कुछ ठोस निर्णय लेने पड़ेंगे—

– क्या मैं स्वयं से यह भेदभाव दूर करने की शुरुआत करने को तैयार हूँ? ...हाँ/ना

– क्या मैं वाल्मीकि के घर बैठ कर चाय-पानी पीने और उन्हें मेरे यहाँ बिठाकर रामपात्र के बगैर चाय-पानी पिलाने को तैयार हूँ? ...हाँ/ना

– क्या मैं अपने बालकों को वाल्मीकि-बालकों के संग मित्रता करने हेतु प्रोत्साहन देने को तैयार हूँ? ...हाँ/ना

– क्या मैं वाल्मीकि भाइयों व बहनों के जीवन से यह काम रूपी नारकीय यातना दूर हो, इसके लिए लड़ने को तैयार हूँ? ...हाँ/ना

– दलित आंदोलन सही दिशा में चले, क्या मैं इसके लिए महिलाओं की बराबर की भागीदारी पैदा करना चाहता हूँ? ...हाँ/ना

24

बूढ़े ही करते हैं जटिल समस्याएँ हल

एक गाँव में दूध समिति के सात सदस्य थे। तीन अहीर, तीन राजपूत और एक दलित। चुनाव आया। दलित का मत जिसको मिले उसी का पलड़ा भारी। चुनाव के पहले दिन राजपूत दादा लकड़ी लिए चड़-चड़ बूट की आवाज करते दलित सदस्य के यहाँ आए। दलित सदस्य की उम्र राजपूत भाई से काफी अधिक थी, तब भी बापू बोले—'सुन मेहतर! अगर किसी दूसरे को मत दे दिया तो बहुत बुरा होगा।' चड़-चड़ करता बापू वापस लौट गया। चुनाव हो गया और अहीर अध्यक्ष बन गया।

बापू क्रोध में उबल पड़ा। चड़-चड़ करता मोहल्ले में आकर चीखने लगा। दलित बापा शांत और गंभीर। राजपूत से बोला—'बापू! मत तो आपको ही दिया है। आपने कहा नहीं था कि दूसरी कतार में मुहर लगानी है?' यों कहते हुए मतपत्र का नमूना बताया। बापू गुस्सा हो गया, 'अरे, पर मतपत्र तो तूने उल्टा पकड़ा है।' 'लो कर लो बात! बापू, आपको मुझे कहना चाहिए था कि मतपत्र को यों पकड़ना था! आप बराबर समझाओ न, इसमें मेरा क्या दोष?'

बापू थोड़े में ही समझ गया कि दादागिरी में उसका पद हाथ से चला गया और नाक भी कट गई। मोहल्ले के बीच मूर्ख बना सो अलग।

अभी कुछ वर्षों पहले दलितों से संबंधित सामाजिक प्रश्न हों या राजनीतिक, उनका आयोजन मोहल्ले में होता था। बूढ़े बीच में बैठते और सब की बात सुनकर अपने अनुभव से सलाह-मशविरा देकर रास्ता निकालते थे।

अब नई नेतागिरी युवकों के हाथ आई है। नेतागिरी जरूर बदलनी चाहिए। जवानी शक्ति का अक्षय प्रवाह है। पर गाड़ी गलत रास्ते यों चढ़ी है कि युवक वृद्धों को जूने-पुराने, अपने क्रोध को शांत करने वाले और समाधान करने वाले मानकर उन्हें निर्णय लेने की बातों से दूर रखने लगे हैं।

नेतागिरी प्रभावशाली तभी बन सकती है कि जब उसमें धीरज और बुद्धिमत्ता हो। ये दो बातें वृद्ध लोग दलित समस्या में अभी तक जोड़ते आए हैं।

दलित आंदोलन में अनुभवी लोगों की जरूरत क्यों है इसे समझ लें। दलित आंदोलन की समानता की लड़ाई ऐतिहासिक है क्योंकि इसके मूल में 3000 वर्षों का इतिहास है। एक समय ऐसा था कि भूल से दलित वेद सुन लेता या बोल लेता तो उसके कान में धधकता सीसा उँड़ेलने की या जीभ काट देने की बात थी। अब सुप्रीम कोर्ट ने फैसला दिया कि यह जरूरी नहीं है कि मंदिर का पुजारी ब्राह्मण ही हो।

3000 वर्ष के इतिहास में बहुत उथल-पुथल हुई है। कई प्रश्न हल हुए हैं तो दूसरे नए उभरे हैं। संघर्ष तभी प्रभावशाली होता है कि जब उसके नेतृत्व को इतिहास का थोड़ा ज्ञान हो। यह ज्ञान हो तो इतिहास की गलतियाँ फिर से दोहराई नहीं जातीं। यह इतिहास हमें हमारे दादा-दादी, शाम को भोजन करने के बाद हमें अपने बगल में सुलाकर, हमारे बालों और पीठ पर हाथ फेरते-फेरते तब तक सुनाते थे जब तक हम सो नहीं जाते थे।

अब टीवी की चकाचौंध में वृद्धों की बातें धुँधली पड़ गई हैं। गुजरात में जगह-जगह रोटी की जुगाड़ में माता-पिता छह-छह, आठ-आठ महीने वतन से बाहर भटकते हैं। उसका सबसे ज्यादा नुकसान बालकों को होता है। बालक दादा-दादी के मुँह से इतिहास सीखने का अवसर गँवा देते हैं।

गुजरात में 1981 और 1985 में दलित विरोधी दंगे फूट पड़े थे, जिनमें दलितों की हत्याएँ हुईं, संपत्ति को आग लगा दी गई और बहुत से घायल हुए। उस आंदोलन को भड़काने वाले बहुत से आज भाजपा के मंत्री हैं, और उसमें उनके संबंधी भी थे जो आज कांग्रेस में हैं। अभी सांप्रदायिक दंगों में हिंदू और मुस्लिम दो स्पष्ट भाग हो गए हैं, वैसे, तब हिंसा के समय दलित और गैर-दलित के दो भाग हो गए थे।

आज 2002 में 19 वर्षों के बाद कुछ दलित युवक स्वयं को हिंदू गिना कर भाजपा और उनके साथियों की पकड़ी हुई तलवार थाम कर मुस्लिमों को काटने के लिए अधीर हो गए हैं। इसका कारण यह है कि इन युवकों को 1981 का मात्र 19 वर्ष पुराना इतिहास किसी ने नहीं पढ़ाया।

एक शिविर में अहमदाबाद की झोंपड़पट्टी में रहने वाला 70 वर्ष का बूढ़ा रो पड़ा। बोला—'डेढ़ सौ वर्ष पहले हमारे बाप-दादा रोजी-रोटी और आजादी भोगने के लिए गाँव छोड़कर शहर की झोंपड़पट्टी में आए थे। आज डेढ़ सौ वर्षों के बाद न हमारे पास रोटी है और न ही आजादी। पहले गाँव में किसी का भी लड़का

शैतानी करता होता तो मोहल्ले का कोई भी आदमी उसे रोकता तो लड़का उसका मान रखता था। आज मैं अपने सगे बेटे को कुछ नहीं कह सकता। क्योंकि वह मुझे मारने को तैयार हो जाता है। मिल चलती थी तब सवा सौ रुपए पगार मिलती थी। अब मजदूरी के काम में बड़ी मुश्किल से 45 रु. मिलते हैं। भाजपा वाले कहते हैं, धंधे हिंदू के ही हाथ में होने चाहिए। अतः जितने शराब के अड्डे मुसलमान के हाथ में थे वे अब दलित चलाते हैं। महिलाएँ भी शराब के धंधे में हैं और लड़के विद्यालय जाने के बदले चाय के होटल पर जाते हैं।'

इनके जैसे सभी बुजुर्गों की एक ही शिकायत थी--हमारी अब कोई नहीं सुनता। यह सच है कि युवा शक्ति के बिना आंदोलन मजबूत नहीं बनता। पर अनुभव-विहीन, धीरज-विहीन शक्ति लंबे समय तक प्रभावशाली नहीं बनती, यह भी उतना ही सच है। दलित आंदोलन में जुड़ने वाले सभी सदस्यों को यह बात समझनी जरूरी है कि यह लड़ाई शारीरिक और व्यक्तिगत नहीं, वरन् सामूहिक और ऐतिहासिक है।

दलित आंदोलन के उत्तरदायी सदस्य के रूप में और आंदोलन में चौबीसवाँ कदम रखते समय मुझे कुछ प्रश्नों के बारे में सावधान होने की जरूरत है--

- क्या मैं अपने गाँव के बुजुर्गों से उनके इतिहास में से कुछ सीखना चाहता हूँ? ...हाँ/ना
- क्या मैं समाज के बुजुर्गों की मान-मर्यादा बनाए रखते हुए उन्हें सम्मान व प्रेम देने को तैयार हूँ? ...हाँ/ना
- क्या मैं जानता हूँ कि यह अनुभव मुझे नहीं मिलेगा तो इसका नुकसान कुल मिलाकर दलित आंदोलन को और मुझे ही होगा? ...हाँ/ना
- क्या मैं जानता हूँ कि जैसा व्यवहार वृद्धों के साथ कर रहा हूँ, उसे मेरे नन्हे बालक आँखों से टुकुर-टुकुर देख रहे हैं? ...हाँ/ना

25

सत्ता : शक्ति और कमजोरी

अच्छे भाव के इंतजार में किसान गेहूँ को बड़ी-बड़ी कोठियों में भरकर रखते हैं। कभी-कभी गेहूँ में घुन पड़ जाते हैं। ये नन्हे-नन्हे लाल जीव क्या करते हैं? एक गेहूँ का दाना पकड़ते हैं उसके आरपार छेद कर देते हैं और तब उस खोखले दाने को छोड़कर दूसरा दाना हाथ में लेते हैं। बहुत बड़ी मात्रा में गेहूँ का नुकसान करते हैं।

किसान गेहूँ को बचाने के लिए एक रास्ता अपनाते हैं। खेत में से उदई नामक सूक्ष्म कीट को पकड़कर उसे गेहूँ की कोठी में डाल देते हैं। उदई का काम पहले घुनों को खाना और फिर गेहूँ को खाना होता है। पर इनकी खासियत यह है कि गेहूँ का एक दाना पकड़ने के बाद जब तक वह पूरा कर पूरा नहीं खा लिया जाता तब तक वे दूसरे दाने को नहीं छूती।

किसी भी संघर्ष या आंदोलन को चलाने के लिए सत्ता चाहिए। हम कहते हैं कि हाथ में सत्ता आ जाए तो चुटकी बजाते समस्या हल हो जाए। आरक्षण की व्यवस्था के कारण लोकसभा में 79 दलित संसद सदस्य हैं, फिर भी संविधान में लिखे दलितों के अधिकारों की रक्षा क्यों नहीं होती? उनका क्रियान्वयन क्यों नहीं होता? आज राज्य सरकार में, प्रशासन में, पुलिस में, शिक्षण में सभी स्तरों पर दलित अधिकारी हैं, फिर भी क्या कारण है कि दलितों की स्थिति वही की वही बनी हुई है? प्रत्येक गाँव में सामाजिक न्याय समिति के अध्यक्ष दलित हैं, तब भी दलितों की बस्ती के पास वाले कूड़े के ढेर क्यों नहीं हटते?

मूल सवाल यह है कि आप सत्ता किसे समझते हैं? सत्ता याने पैसा? सत्ता याने प्रशासन में स्थान? सत्ता याने राजनीति में प्रतिनिधित्व? या फिर इन सब से आगे बढ़कर कुछ और? इनके साथ-साथ हमें दूसरा सवाल भी पूछना है कि हमें सत्ता किसलिए चाहिए?

दुनिया में सत्ता के कुछ नमूनों को देखें तो अपनी सत्ता की बात ज्यादा साफ हो सकेगी।

1. **हिटलर :** अंबेडकर ने जब 1932 में दलितों हेतु अलग मताधिकार का सवाल उठाया था तब उसी अवधि में जर्मनी में हिटलर सत्तासीन हुआ था। उसकी अभिलाषा समग्र दुनिया में जर्मनी का राज स्थापित करने की थी। पहले विश्व युद्ध के दौरान उसने बहुत प्रदेश जीत लिए और बाद में उसका पतन शुरू हुआ। जर्मनी में आर्थिक, सामाजिक, राजनीतिक अंधेर और अराजकता फैली। लोगों का ध्यान दूसरी तरफ ले जाने के लिए उसने नस्लवाद की राजनीति खेली। जर्मनी और यूरोप के दूसरे देशों में रहने वाले यहूदियों को जर्मनी के ह्रास के लिए जिम्मेदार ठहराते हुए उन्हें हैरान-परेशान करना शुरू किया। फौज, पुलिस, राजनीतिक सत्ता और नफरत की विचारधारा मिल जाते हैं तो क्या परिणाम निकल सकता है, यह हिटलर ने दुनिया को दिखाया। 12 वर्ष की अवधि में उसने लगभग 60 लाख यहूदियों की हत्या कर डाली।
2. **गाँधीजी :** ये अव्वल नंबर के राजनेता थे पर कभी सक्रिय राजनीति में नहीं थे। अपने पर हुए भेदभाव के एकमात्र अनुभव ने इनकी दुनिया बदल डाली। इन्होंने भारतीय स्वातंत्र्य आंदोलन का नेतृत्व सँभाला। 40 वर्षों के लंबे संघर्ष के बाद सत्य और अहिंसा के हथियार से 350 वर्षों के अंग्रेजी शासन का अंत लाने के संघर्ष की अगुवाई करके दुनिया को सामाजिक न्याय की लड़ाई का एक नया रास्ता दिखाया।
3. **ज्योतिबा और सावित्री फुले :** धर्म के नाम पर चलने वाले प्रपंच से दलितों और स्त्रियों की गुलामी के विरुद्ध शिक्षण और जागृति के हथियार द्वारा आंदोलन छेड़ा। लाखों लोगों को अपने विचारों के द्वारा उन्होंने अपने मानवीय अधिकारों के संबंध में जगाया।
5. **नेल्सन मंडेला :** भारत की तरह ही अंग्रेजों ने दक्षिणी अफ्रीका को गुलाम बना दिया था। भारत में अंग्रेज बाहर से आए थे। जबकि दक्षिणी अफ्रीका में गोरे वहाँ के नागरिक थे। रंगभेदी शासन के खिलाफ मंडेला ने संघर्ष छेड़ा। 26 वर्षों तक जेल भोगी, पर जेल में रहते हुए भी लोगों के हृदय में इन्होंने आजादी की आग सुलगती रखी और रंगभेदी शासन का अंत किया। दुनिया भर की समझ ऐसी थी कि जब सत्ता में थे तब गोरे शासकों ने हजारों काले लोगों को मौत के घाट उतारा था, इसका बदला लेकर अब काले लोग गोरों का बुरा हाल करेंगे। पर मंडेला ने अत्याचार

करने वाले गोरे शासकों हेतु (Truth & Reconciliation) अर्थात् सत्य बोलकर अपने अपराध को सार्वजनिक रूप से जनता के सामने रखकर क्षमा माँगने की व्यवस्था वाला आयोग स्थापित किया। ऐसा करके उन्होंने हिंसा और बदहाली से अपने देश को बचा लिया।

5. **मार्टिन लूथर किंग :** अमेरिका में रहने वाले लाखों काले गुलामों की गुलामी और उनके प्रति जारी भेदभाव को समाप्त करने के लिए उन्होंने आंदोलन चलाया। 42 वर्ष की उम्र में उनकी हत्या हुई, पर उससे पहले भेदभाव की सार्वजनिक रीति-रिवाजों को, जो कानून द्वारा स्वीकृत थी, उन्हें लोक-संगठन के दबाव से समाप्त कर दिया गया। रंगभेद वहाँ धर्म के आधार पर ही फल-फूल रहा था। मार्टिन लूथर किंग ने लोगों को धर्म का नया अर्थ समझाया, धर्म के सच्चे उपयोग द्वारा ही उन्होंने लोगों को अपने मान-सम्मान हेतु लड़ने को तैयार किया।

6. **अंबेडकर :** देश में उँगलियों पर गिने जा सकने वाले बैरिस्टरों में से एक बनने पर भी संपूर्ण जीवन भर जात-पाँत की व्यवस्था के आधार पर चलने वाले भेदभाव के शिकार बनते रहे। जीवन के कार्यकलापों को एक तरफ रखकर लोक-जागृति, सार्वजनिक जीवन में प्रतिनिधित्व और कानून के शासन, इनके द्वारा भारत में पहली बार दलित आंदोलन को एक दिशा प्रदान की। भयंकर अपमान के शिकार बने थे फिर भी उन्होंने हिंसा को समर्थन नहीं दिया बल्कि अपने समाज को जागृति के माध्यम द्वारा लड़ने के लिए कटिबद्ध किया। मात्र दलित ही नहीं, पर जात-पाँत की व्यवस्था के आधार पर भारत के धर्म व जाति भेद के बगैर भेदभाव भोगने वाली तमाम स्त्रियों को कानूनन समान अधिकार मिलते रहें, इसके लिए उन्होंने अपना राजनीतिक जीवन दाँव पर लगा दिया।

हमारे पास दुनिया के इतिहास में सत्ता के कई उदाहरण मिलते हैं। हम दलित आंदोलन को अब मात्र अंबेडकर की मूर्ति और फोटो को हार पहनाने से बाहर निकालकर आगे बढ़ाने के लिए इनमें से क्या सीखना चाहते हैं?

अंबेडकर ने हमें सत्ता का जो विचार दिया था उससे हम गलत रास्ते पर चढ़ गए। जब अंबेडकर राजनीति में थे तब उन्होंने सत्ता की परवाह किए बिना जोश के साथ दलित अधिकार को आगे बढ़ाया। आज देश के प्रत्येक राज्य में और देश की लोकसभा में दलित के नाम पर चुने जाने वाले प्रतिनिधि सिर्फ अपने निजी स्वार्थ और पक्ष के हित में ही काम कर रहे हैं।

गत वर्ष डरबन में आयोजित नस्लवाद विरोधी शिखर सम्मेलन में हम पहली बार इतने बड़े स्तर पर जात-पाँत के भेदभाव का मुद्दा लेकर गए। तब भारत सरकार की वकालत करने के लिए और दलित मुद्दे का विरोध करने के लिए भारत ने सात संसद-सदस्य भेजे थे, वे सातों अलग-अलग राजनीतिक पक्ष के दलित संसद-सदस्य ही थे।

बहुत कम लोगों को पता है कि अंबेडकर अश्वेत नेता डब्ल्यू. डी. बी. बोईस के साथ मिलकर यही मुद्दा संयुक्त राष्ट्र संघ में उठाना चाहते थे।

दो वर्ष पहले भावनगर के शाहपुर गाँव में दलितों का बहिष्कार हुआ था, तब वहाँ के दलित सांसद ने डी.एस.पी. को फैक्स भेजा था कि 'दलितों को झूठे केस करने की आदत पड़ गई है अतः इस शिकायत को गंभीरता से न लिया जाए।' इससे पहले पाटण के दो दलित संसद-सदस्य ऐसे थे जो चुनाव जीतने के बाद भी जब अपने मतदान क्षेत्र में जाते थे तब जेब में अपना अलग बरतन लेकर जाते थे।

तमाम राजनीतिक दलों ने निजी स्वार्थ के लिए जूझते दलित मित्रों को जेब में रखकर दलितों हेतु राजनीतिक सत्ता में जगह बनाने की अंबेडकर की योजना की हँसी उड़ाई है।

सत्ता का संकीर्ण अर्थ याने 'राजनीति में स्थान' ऐसा मानने से यह बिल्कुल सत्य है कि आंदोलन को ऐसा नुकसान होगा जिसकी भरपाई कभी नहीं हो पाएगी।

सरकारी क्षेत्र में आरक्षण की बात मात्र 10 वर्षों के लिए अंबेडकर ने सुझाई थी। इसके पीछे सोच था कि 10 वर्ष में दलित समाज अन्य समाजों के समकक्ष पहुँच जाएगा। आज आजादी के 54 वर्षों के बाद जब संसद में बिना किसी विरोध या चर्चा के, राजनीतिक आरक्षण को लंबा किया जा रहा है, तो इसका क्या अर्थ है? क्यों कोई ऐसा सवाल नहीं उठाता कि देश इतने वर्षों के बाद भी दलितों को समान स्तर पर लाने में क्यों विफल रहा है? क्या ऐसा नहीं लगता कि इस तरह आरक्षण से इस देश में विशेषाधिकार भोगने वाले लोगों के हितों को खतरा नहीं आता, इससे आरक्षण को हाथी के दिखाने के दाँतों की तरह चालू रखा जा रहा है?

सत्ता का सच्चा अर्थ यह है कि मेरे प्रभाव तले मैं दूसरे लोगों को ला सकूँ। उनके विचारों, मूल्यों, रुझानों को बदल सकूँ। यह सत्ता प्राप्त करने की शक्ति समानता में विश्वास रखने वाले सभी लोगों के पास है।

दलित आंदोलन सिर्फ कानून के क्रियान्वयन या मात्र कुछेक लोगों की आर्थिक प्रगति या थोड़े से लोगों को टूटी-फूटी टाँगों विहीन कुर्सी मिल जाने से सफल नहीं

होगा। इसकी सफलता के लिए समानता की विचारधारा प्रत्येक दलित को अपनानी होगी और इसका प्रभावी प्रचार करना पड़ेगा। हिंसा से यह संभव नहीं। यह संभव होगा सिर्फ सत्ता को सही अर्थ में समझकर उसके लिए काम करने से।

सत्ता को इस रूप से समझेंगे तो हमें लगेगा कि सभी के लिए यहाँ विस्तृत मैदान है। इस विचार में कोई खींचतान या चालबाजी करने की जरूरत ही खड़ी नहीं होती।

मैं दलित आंदोलन को सफल बनाने के लिए मेरी सत्ता बढ़ाने हेतु या आगे आने को तैयार हूँ?

सत्ता को संकीर्ण अर्थ में देखने का अर्थ है खींचतान, उप-जातिवाद का झगड़ा, पक्ष में वफादारी या गंदी चालबाजी जैसे घुन पैदा हो जाते हैं। सत्ता को विशाल अर्थ में समझकर हमें दलित आंदोलन को नजर के सामने रखते हुए उदई पैदा करने की जरूरत है।

26

दुविधा का पार नहीं, तो शक्ति की भी हद नहीं

मनुष्य के विचार बार-बार बदला करते हैं। जैसे-जैसे परिस्थितियाँ बदलती हैं वैसे-वैसे विचार भी बदलते हैं। अभी एक विचार है तो घड़ी भर बाद दूसरा विचार। मन हमेशा भटका करता है। मन बंदर जैसा है। एक डाली से दूसरी डाली पर तेज़ी से घड़ी के छठे भाग में ताकत से छलाँग लगा सकता है। बंदर को दो घंटे जमीन पर दौड़ने को कहें तो वह उसके लिए संभव नहीं है। हमारा विचार भी एक बात पर लंबे समय तक टिका नहीं रह सकता।

विचार पर मेरा ज्यादा काबू नहीं होता। जिस तरह तैरती मछली को पकड़ने पर वह बार-बार हमारे हाथ से फिसल जाती है उसी तरह हमारी लगाम एक विचार पर काफी देर नहीं टिकती।

विचार को हम बंद भी नहीं कर सकते। हम जागते हों या नींद में हों, विचार मस्तिष्क में चलते ही रहते हैं। मस्तिष्क का काम विचार करके किसी भी परिस्थिति में से हमें रास्ता बताना है। विचार करने की शक्ति सभी मनुष्यों में है और वह बराबर है क्योंकि विचार करने का काम प्रकृति ने मनुष्य को सौंपा है।

कई बार हम कहते हैं 'मैं ऐसा सोचता हूँ कि...' इसका अर्थ यह है कि मैं किसी विचार पर अभी सोच रहा हूँ और उस विचार को मैंने पकड़ रखा है। उस तरह विचारों को हम, घर के बाहर शानदार डिजाइन वाली रंगोली में भरें या हाथ में सुंदर डिजाइन वाली मेहँदी लगाएँ यों मजेदार ढंग से सजा सकें तो उसमें से बुद्धिवाला आयोजन पैदा होता है।

यह आयोजन हो और विचार व्यवस्थित हो, तब मैं परिस्थिति में से रास्ता निकालता हूँ। मैं दसवीं मंजिल पर होऊँ और घर में साँप आए तो मैं छलाँग मार कर नहीं कूद पड़ता हूँ। छलाँग लगाने का विचार मुझे आता अवश्य है पर मस्तिष्क फौरन साँप को मारने का या साँप से बचने का रास्ता ढूँढ़ता है।

अतएव गाँव के कुएँ पर मुझे कोई पानी न भरने दे, मंदिर में न जाने दे, तय करने के बाद मजदूरी के कम पैसे दे तो कई तरह के कदम उठाने का विचार आता है। कभी हम कदम उठा लेते हैं, कई बार नहीं उठाते। ऐसा क्यों? क्योंकि हमारा मस्तिष्क उसके लिए नए रास्ते ढूँढ़ता है। कई बार वह रास्ता 10 मिनट में मिल जाता है तो कई बार रास्ता 10 वर्षों के बाद मिलता है।

जिसे 10 मिनट में रास्ता मिलता है वह बहादुर और अति बुद्धिमान नहीं है और जिसे 10 वर्ष में रास्ता मिलता है वह डरपोक या गँवार नहीं है। प्रकृति ने मस्तिष्क को काम सौंपा है ऐसा सोचने का और ऐसा रास्ता ढूँढ़ने का ताकि मेरी जिंदगी सुरक्षित रहे। एक छोटी-सी चींटी हमें काटती है तब भी हम कैसे दुःखी हो जाते हैं?

बुद्धि हमें रास्ता बताती है। वह रास्ते पर दौड़ने की या चलने की शक्ति नहीं देती। मेरे दोनों पैर टूट गए हों तब भी मुझे दौड़ने का ख्याल आता है पर विचार आता है तो मेरे से दौड़ा नहीं जाता। विचार का काम मार्ग और कार्यक्रम सोचने का है। उस मार्ग पर चलने या दौड़ने की शक्ति पैदा करना नहीं है।

कई बार हमारा बेटा या बेटी कोने में या चबूतरे पर चुपचाप बैठे हों तो हम कहते हैं, 'अरे तुम्हारा दिमाग बेकार हो जाएगा उठो काम करो।'

ऊँच-नीच के भेदभाव के सामने मैं सिर्फ स्त्री होने के कारण पुरुष से निम्न गिनी जाती हूँ, इस भेदभाव के सामने, अन्याय के सामने लड़ना हो तो शक्ति कहाँ से लाऊँ? खाली सोचती रहूँ तो क्या शक्ति आ जाएगी?

शक्ति मेरी भावना में से उत्पन्न होती है। कोई मेरे साथ अन्याय करे, मेरी आजादी छीन ले, मेरा अपमान करे, मेरा स्वाभिमान हनन करे, मुझे गुलाम बनाने की कोशिश करे, प्रकृति द्वारा मुझे दिए गए अधिकार छीनने की कोशिश करे, तो मेरी भावना आहत होती है।

भावना आहत होती है, तब क्या होता है? मेरे शरीर में लहू वेग से घूमने लगता है। मेरे स्नायु सख्त हो जाते हैं। मेरा मुँह उतर जाता है। मैं चिलम पीता हूँ तो चिलम पीने की और धुआँ बाहर फेंकने की गति बढ़ जाती है।

कोई मुझे गाली देकर चला जाता है तो उसके चले जाने के बाद भी मेरा दुःख चालू रहता है। हमारे पैर में कोई काँटा या फाँस चुभ जाए तो उसके निकाले जाने के बाद भी कई दिनों तक उस नन्हे से घाव के चारों ओर हमारी उँगली घूमती रहती है, वैसे ही दुःख के चारों ओर भावना का बवंडर घूमा करता है।

भावना आहत होती है तो मेरे हाथ काम करना बंद कर देते हैं। अथवा काम चालू रखना जरूरी हो तो काम तो चालू रहता है, पर काम में मेरा दिल नहीं लगता।

इस दुःखद प्रसंग व अपमान का विचार मिटता नहीं क्योंकि मस्तिष्क दुःख के हटाने के रास्ते खोजने के काम में लग जाता है।

साधारण तौर पर हम भावना और दुःख को शक्ति नहीं मानते। यदि कोई पुरुष रोता हो तो हम उसे 'लड़की जैसा मानते हैं' क्योंकि हमें ऐसा सिखाया गया है कि न रोने में बहादुरी है। जितना मेरा दुःख ज्यादा, जितनी मेरी भावना ज्यादा आहत, उतनी ही मेरे में अधिक शक्ति पैदा होती है।

वह दूसरों से अपवित्र होता है, इस बात में तथाकथित गैर-दलित को कुछ बुरा नहीं लगता। वह ऐसा नहीं मानता कि उसने कोई गलत काम किया है, अतः उसे दुःख नहीं होता। दुःख हो तो वह अपने व्यवहार को बदलने के बारे में क्यों सोचे? उसे अपने बुरे व्यवहार के बारे में विचार नहीं आता, इसलिए वह व्यवहार सुधारने की शक्ति उसमें पैदा नहीं होती।

आज जो दलित शहर में रहते हैं, उन्हें घर में नल से पानी मिल रहा है। अतः गाँव में रहने वाले दलित को पानी के एक घड़े के लिए तब तक चार-चार घंटे खड़े रहना पड़ता है जब तक कोई उच्च वर्गीय व्यक्ति आकर ऊपर से डाल न दे। इससे कैसा व कितना दुःख व अपमान होता है, वे समझ नहीं सकते। शहर में मैं अपने घर पर शौचालय में पानी का नल चालू कर देता हूँ और मेरे घर से मल-मूत्र साफ हो जाता है, पर वह गटर में भर जाता है, तब उस नरक में उतरकर साफ करने वाले सफाई कर्मचारी भाई या बहन को जो दुःख और अपमान का अनुभव होता है, वह मुझे शहर में रहते हुए समझ में नहीं आता। सरकारी नौकरी में मुझे दस-पंद्रह हजार की पगार प्रतिमाह मिलती है। गाँव में बारह महीने साथी या चाकर के रूप में रहने वाले की पूरे वर्ष की तीन या चार हजार की आमदनी में घर कैसे चलता होगा, ऐसी मुझे कल्पना तो होती है, पर अनुभव और दुःख नहीं होता।

मुझे ऐसा अनुभव रोजाना न होने पर भी दलित के रूप में दुःख क्यों होता है? कारण यह है कि इस तरह के अनुभव और अन्याय दलित को अथवा दलित मानी जाने वाली संपूर्ण जाति के सदस्यों को, फिर चाहे वे शिक्षित हों या अशिक्षित, शहर में रहते हों या गाँव में, देश में रहते हों या अमेरिका में, पृथ्वी पर रहते हों या चंद्र पर, स्त्री हो या पुरुष, मजदूर हो या मालिक, सभी को, इस जाति में जन्म लेने के कारण हल्का और निम्न माना जाता है, इस मान्यता के कारण होता है। इसका कारण यह है कि मेरी पहचान जाति के साथ जुड़ी है, इसके कारण मुझे अपमान का अनुभव, ऐसा-वैसा कोई सीधा अपमान का प्रसंग न होते हुए भी बराबर होता रहता है।

अनुभव का करंट सब को एक समान नहीं लगता। जिसका सीधा अपमान होता है, उसे सबसे ज्यादा करंट लगता है। मैं दूर शहर में रहूँ तो मुझे अखबार में पढ़कर या टीवी में देखकर करंट लगता है, पर हल्का। मेरे पड़ोस में किसी की मृत्यु हो तो मुझे दुःख जरूर होता है, दो आँसू भी निकल आते हैं पर मैं कई-कई दिनों तक रोता नहीं रहता, या खाना नहीं छोड़ देता हूँ।

इस संघर्ष का नेतृत्व कौन करेगा? हम जरूर कहेंगे कि जो सबसे ज्यादा ताकतवर हो, वह अगुवाई ले। तो सबसे जयादा शक्तिशाली कौन है जो ज्यादा दुःखी है, ज्यादा अपमानित है, जो सबसे ज्यादा सहता है, जिसकी जिंदगी दुःख से भरी हुई है, वही तो ज्यादा शक्तिशाली है।

हमारा दलित आंदोलन जैसा सोचते हैं, वैसा सफल क्यों नहीं होता? क्योंकि हम मानते हैं कि अगुवाई बुद्धिमान लोगों को लेनी चाहिए। हम बुद्धि को शक्ति मानते हैं और इसीलिए मार खा जाते हैं। कोई घटना घटती है कि शहर से कोई आकर कहता है 'सम्मेलन करो।' उसमें भाषण होते हैं, नेतागण अपनी भड़ाँस निकालते हैं और तब सभी दुःखी लोगों को हिम्मत रखने की, लड़ते रहने की, सहन न करने की, मर्द बनने की, आधी रात को काम पड़े जगा देने की सलाह देकर चले जाते हैं।

मुझे अपमान का अनुभव न होता तो तब भी मुझे दूसरों पर होने वाले अपमान के विरुद्ध लड़ने की शक्ति विकसित करनी हो तो सतत इस अपमान को समझना पड़ेगा और जिसका अपमान हुआ हो, उसकी शुरू की हुई, सोची-विचारी हुई लड़ाई में सहयोगी बनना होगा।

दलित आंदोलन में छब्बीसवाँ कदम रखने से पहले मैं क्या करना चाहता हूँ?

– क्या अपने गाँव, शहर, मोहल्ले में मेरे भाई-बहनों को जो दुःख पड़ रहा है उसमें मैं भागीदार बनना चाहता हूँ? ...हाँ/ना

– क्या जो अपमानित हैं उनकी अगुवाई को मैं प्रोत्साहन देना चाहता हूँ? ...हाँ/ना

– क्या मैं अपनी बुद्धि के बदले अपनी भावना पर ज्यादा भरोसा करना चाहता हूँ? ...हाँ/ना

– क्या मैं अपने साथियों को जो दुःख और अपमान झेलना पड़ता है, जिसकी हजारों लाखों लोगों को खबर ही नहीं, उन तक खबर पहुँचाने के लिए अपने से होने वाली मेहनत करने को तैयार हूँ? ...हाँ/ना

27

संगठन : साथ रहना और साथ-साथ सहन करना

चींटी का आकार साँप के आकार से हजारों गुना कम होते हुए भी वे साँप को हवा की शक्ति से कैसे खींच लेती हैं? ऐसा इसलिए होता है कि हजारों चींटियाँ एक ही काम करती हैं, साँप को खींचने के काम में वे गजब की रफ्तार से लग जाती हैं। नई चींटियों को संदेशा मिलने पर वे भी आ धमकती हैं और तत्काल साँप के शरीर पर चिपट जाती हैं। कोई चींटी मार्ग पर दूसरी चींटियों को आज्ञा या सलाह नहीं देती। कुछ चींटियाँ काम करती हैं और दूसरी चींटियाँ चर्चा करें, ऐसा नहीं होता। कुछ चींटियाँ जब साँप को खींच रही हों, तब दूसरी कुछ दूर खड़ी रहकर आलोचना या अच्छे-बुरे आयोजन की बातें नहीं करतीं। उनकी व्याख्या के अनुसार उस समय वे उसी को चींटी मानती हैं जो साँप को खींचने का काम करे।

सबसे महत्त्वपूर्ण बात यह है कि चींटी साँप को खींचना असंभव मानती ही नहीं। उसे अपनी शक्ति पर पूरा भरोसा है। साँप को जहाँ खींच कर ले जाना है, जब तक वहाँ नहीं पहुँच जाती तब तक आराम नहीं करती। साँप को खाने का सबको एक समान अधिकार है। एक चींटी जब नई चींटी से मिलती है तो आगे वाले दो छोटे पैरों से एक ही संदेशा देती है कि साँप किस दिशा में है, उसे स्थान की सूचना देती है। चींटी काम करते समय स्त्री-पुरुष का भेद नहीं करती, न जानकार और गँवार का भेद करती है।

हम दलित संगठन को मजबूत बनाने के लिए नन्ही चींटी से क्या सीख सकते हैं?

– **एक ही ध्येय :** जात-पाँत के आधार पर ऊँच-नीच के फर्क स्त्री-पुरुष के बीच के भेदभाव और अस्पृश्यता का अंत।

– **सभी काम करें :** आंदोलन में जुड़ने वाला प्रत्येक व्यक्ति कुछ काम करना

चाहता है, बलिदान देने को तैयार है, इसीलिए जुड़ा है। वह काम करे तभी आंदोलन में जुड़ना कहा जाएगा।

– **दलितपने के दुःख से दुःखी हो वही दलित :** चाहे मुझे अन्याय का अनुभव न हो पर मेरे किसी भी भाई या बहन का अपमान हो, उसमें मेरा स्वाभिमान छिना जाता महसूस हो, तभी मैं दलित कहलाने का अधिकारी होऊँगा।

– **संगठन के सभी सदस्य एक समान :** संगठन से जुड़ने वाले सभी सदस्य समान होते हैं। सबका समान काम, सबकी समान भावनाओं का योगदान, सबको अपनी बात कहने का समान अधिकार।

– **संगठन में सतत नए सदस्यों का जुड़ना :** भेदभाव और छुआछूत एवं असमानता से दुःखी सभी को एक ही मूल ध्येय के साथ जोड़ना।

अंबेडकर ने संगठन का संदेश किसलिए दिया? कारण यह है कि हम जिन समस्याओं के खिलाफ संघर्ष छेड़ना चाहते हैं, या संघर्ष कर रहे हैं, वह सामाजिक समाज के सभी सदस्यों के अधिकार व स्वाभिमान पर प्रभाव डालने वाला संघर्ष है। यह व्यक्तिगत अधिकार की लड़ाई नहीं है।

दलित संगठन कमजोर क्यों पड़ता है? कारण, यह है कि अनेक लोग संगठन में अपनी व्यक्तिगत नेतागिरी का हित देखते हैं। संगठन में सबका हित होता है, यदि संगठन में मेरे अकेले के हित की सुरक्षा का प्रयत्न होता है तो संगठन का ढाँचा टूट जाता है।

गुजरात में सबसे दुःख की बात यह है कि आरक्षण के कारण जितने उच्च पदस्थ आई.ए.एस. और आई.पी.एस. अधिकारी बने वे सेवा-निवृत्ति के बाद सिर्फ अपनी उप-जाति के संगठन को मजबूत करने में संलग्न हैं, और वह भी अंबेडकर के नाम पर।

आज सबसे बड़ा टकराव दलित और गैर-दलित के बीच नहीं, पर उप-जातियों के बीच शुरू हुआ है। हाल के चुनावों में तो यह जहर अपनी तमाम सीमाएँ पार कर गया है। पटेल कांग्रेस में हैं और भाजपा में भी हैं। क्षत्रिय कांग्रेस में हैं और भाजपा में भी। पर ये दल की वफ़ादारी में एक-दूसरे के प्रति द्वेष-बैर मारा मारी नहीं करते। हमने दल के प्रति वफादारी को जीवन मरण का प्रश्न बना दिया है।

उप-जातिवाद का जुनून जब दलित को एक समूह के रूप में देखने के जुनून में बदलेगा, तब दलित संगठन, चींटी-दल के जितना शक्तिशाली बनेगा।

क्या संगठन महज बातों से होगा? कभी नहीं। संगठन सिर्फ विचार में ही रहे तो संगठन में मात्र बातों के सिवाय कुछ नहीं बचे। जिस प्रकार दवा और

दारू रक्त में मिल जाने पर नशा पैदा करते हैं वैसे ही संगठन की बात जब रक्त में मिल जाती है तभी संगठन पैदा होता है।

संगठन की बुनियादी शर्त सम्पन्नता : असमानता के विरुद्ध लड़ाई को सिर्फ वे लोग लड़ सकते हैं, जो समानता में आस्था रखते हैं और समानता का पालन करते हैं। समानता की बात करूँ और ठाकुर के घर रामपात्र में चाय पीऊँ, क्या यह चलेगा? समानता की बात करूँ और वाल्मीकि को रामपात्र में चाय पिलाऊँ क्या यह चलेगा?

समानता की बात करूँ और अपने हाथों से पानी न पीऊँ और खाना खा लेने पर अपनी थाली खुद साफ न करूँ और घर की साफ-सफाई से लेकर पूरी जिम्मेदारियाँ स्त्रियों के माथे डाल दूँ, तो क्या यह चलेगा?

संगठन सुगंध फैलाता है : हम फूलों से घर क्यों बनाते हैं, काँटों से क्यों नहीं? हम देवस्थान में अगरबत्ती क्यों जलाते हैं, जलती लकड़ी क्यों नहीं रख देते? कारण, सुवास व सुगंध हमारे मन को शांत रखती है, दिल को खुश रखती है, हमें आनंदित करती है, वह अच्छी लगती है।

यदि संगठन प्रेम, भाईचारा, आनंद, उल्लास, अच्छाई पैदा करे, तभी काम का है। द्वेष-वैर पैदा करे तो उसे संगठन नहीं कहा जाएगा। एक-दूसरे के प्रति जो द्वेष-वैर और अविश्वास पैदा करे, उसे संगठन नहीं कहा जाएगा।

मुझे संगठन बनाने की जरूरत नहीं। जब मैं अपने तमाम भाई-बहनों को मान दूँगा, प्रेम दूँगा, उनके दुःख बाँटूँगा, मेरे दुःख में उन्हें सहभागी बनाऊँगा तो संगठन अपने आप बनने लगेगा।

अपने गाँव में दलित संगठन को मजबूत करने में मैं क्या योगदान देना चाहता हूँ?

28

दलित संस्कृति की समृद्ध विरासत

हम अपने बेटे या बेटी के लिए रिश्ता ढूँढ़ने जाते हैं तो किस प्रकार का पात्र ढूँढ़ते हैं? शारीरिक गठन, स्वास्थ्य, चेहरा-मोहरा, पढ़ाई, ज्ञान, विचार, घर में परस्पर कैसा व्यवहार करता है ऐसा, आमदनी, घर का वातावरण, गाँव का वातावरण, पात्र के माता-पिता, उसके घर का प्रभाव, उसके परिवार का सामाजिक इतिहास, व्यसन का सबूत इत्यादि। इन तमाम बातों के आधार पर हम प्रत्येक व्यक्ति की पहचान और उसके संस्कार की छाप तय कर लेते हैं।

व्यक्ति की तरह प्रत्येक समाज की भी एक पहचान होती है, उसके रिवाज़ होते हैं, उसकी मान्यताएँ होती हैं। इन सब से एक चित्र निर्मित होता है जिसे हम संस्कृति कहते हैं। संस्कृति समाज की नई पीढ़ी को एक प्रकार के विचार और मूल्य देती है। बदले में नई पीढ़ी अपने समाज की संस्कृति में नए परिवर्तन लाती है।

दलित समाज की पहचान क्या है? मैं सरकारी योजना में लोन या सब्सिडी लेने जाता हूँ, तब कैसी पहचान देकर नीचे अपने हस्ताक्षर करता हूँ या अंगूठा लगाता हूँ? मैं पिछड़ी जाति का आदमी हूँ अतः मुझे लोन देने की कृपा करें।

क्यों मैं अपनी पहचान 'पिछड़ी जाति' के सदस्य के रूप में देता हूँ? क्या वाल्मीकि बालकों के लिए सरकार द्वारा जारी किया गया छात्रवृत्ति का फार्म पढ़ा है? उसका शीर्षक देखो :

'गंदे व अस्वच्छ व्यवसाय में संलग्न अभिभावकों के बालक हेतु छात्रवृत्ति की योजना।'

पिछड़ा हुआ किसे कहें? जब मैं स्वयं को 'पिछड़ा' कहूँ तो क्या कहना चाहता हूँ? मैं पिछड़ा हूँ या मुझे पिछड़ा मान लिया गया है?

यह प्रश्न महत्त्वपूर्ण है, क्योंकि मेरी सार्वजनिक पहचान, मेरे समाज में खास प्रकार का दर्जा खड़ा करती है।

अपने समाज के थोड़े रीति-रिवाज देखें।

1. **सुख-दुःख में भागीदार** : कुछ वर्षों पहले या गाँवों में आज भी जब विवाह होते हैं तो संपूर्ण बस्ती उसमें भागीदार बनती है। कोई बारात को गुड़ का पानी पिलाने का जिम्मा लेता है तो कोई गुलाल छिड़कता है। कोई पटाखे फोड़ने का चार्ज सँभालता है तो कोई चाय-पानी पिलाने का। घर-घर से स्त्रियाँ आकर गीत गाती हैं। बारात को सुलाने के लिए हर घर से एक खाट और रूई का बढ़िया से बढ़िया बिस्तर इकट्ठा किया जाता है। प्रत्येक व्यक्ति बारात को अपने घर पर चाय पीने बुलाते हैं। बेटी को विदा करते समय सारी स्त्रियाँ रोती हैं और सिर पर हाथ फेरती हैं। मृत्यु प्रसंग में घर के लोगों को पता तक नहीं लग पाता और कब्र खुद जाती है। सभी रोते हैं और छाती पीटते हैं। जिस घर में मृत्यु हुई हो, उस घर में तीन दिनों तक चूल्हा नहीं जलाने देते और हर घर से चाय, रोटी, पानी सब आता है। शोक उतारने के दिन सभी काम बंद रखते हुए मेहमानों का ध्यान रखते हैं। शोक उतर जाने तक शाम को खाने के बाद स्त्रियाँ व पुरुष उनके घर रात गए तक बैठने जाते हैं। शाम हो गई हो और रिश्तेदारों की राह देखनी पड़े, तो मैयत घर में रखनी पड़ती है, तब मोहल्ले के सभी लोग रात भर जागते हैं। भाल प्रदेश में विवाह के अवसर पर, आयोजन की परिसमाप्ति के लिए सगों की तरफ से उधारी का व्यवहार किया जाता है।
2. **आतिथ्य** : अनजान मेहमान हो तब भी पहले पानी, फिर चाय देते हैं। घर में चीनी न हो तो पड़ोस से माँग कर लाते हैं। उसके बाद बातचीत।
3. **मृत्यु के समय रोना-पीटना** : विशेष रूप से दलित-गरीब समाज में प्रत्येक व्यक्ति का महत्त्व होता है। जो व्यक्ति चला जाता है उसकी कमी हो जाती है। परिवार की दुर्बल आर्थिक दशा में जवान बेटा चला जाए तो परिवार पर आसमान टूट पड़ता है। परिवार का एक सदस्य कम हो जाता है तो सामाजिक व आर्थिक सुरक्षा घट जाती है। अतः भावनाएँ आहत होती हैं। स्वयं को सुसभ्य मानने वाले अनेक लोग रोने-पीटने को 'पिछड़ेपन' की निशानी मानते हैं। जो सभ्य कहलाते हैं उनके व्यवहार क्या हैं?

   मरने वाले का शव घर से बाहर निकाल दिया जाता है और एक तरफ रख दिया जाता है। घर की एक-दो स्त्रियाँ थोड़ी दूर बैठी सिसकियाँ

भरती हैं। मिलने आने वाले शव के चारों ओर चक्कर लगाकर, अंजलि देकर रोते सदस्यों को हाथ जोड़, प्रणाम कर, फिर दूर जाकर खड़े हो जाते हैं। स्त्रियाँ बातें करने लग जाती हैं। पुरुष राजनीति की व शेयर बाजार की बातें करने लगते हैं।

4. **वृद्धों और दुःखी जनों की देखभाल :** मेरे घर के पड़ोस में बूढ़ी माँ अकेली रहती हो और उसके बेटे कमाई करने गए हों तो मैं उसकी देखभाल करता हूँ। पास के घर में माता-पिता नन्हे बच्चे को छोड़कर मज़दूरी पर निकले हों तो मैं इस बालक की भी देखभाल करता हूँ। ऐसे सैकड़ों उदाहरण इकट्ठे किए जा सकते हैं। इन रिवाजों के मूल में मूल्य क्या है? समूह जीवन, दूसरे के दुःख में दुःखी होने की बात, स्वार्थ के बदले परमार्थ की बात। इतनी समृद्ध संस्कृति की विरासत मेरे पास हो तब भी क्या मैं स्वयं को पिछड़ा मानूँ?

गाँव में जो गरीबों का खून पीता है, उसके घर में जो थोड़ा-बहुत हो उसे भी ले जाए, शोषण करे, बहनों की इज्जत न करे, बड़प्पन और दंभ में जो ऐंठा रहे, क्या मैं उसे 'उच्च वर्गीय', 'सुसभ्य', 'सवर्ण' जैसे नाम दूँ?

जब हम हमारी संस्कृति को पिछड़ा मानते हैं तो यह सोचने की जरूरत है कि ऐसे शब्द मेरे मुँह में, मेरी भाषा में कौन डालता है? मैं गरीब हो सकता हूँ, पर गरीब होने से 'पिछड़ा' नहीं बन जाता। अपनी जात को समृद्ध होते हुए 'पिछड़ा' समझने की बात तो चिथड़े में रत्न बाँधने जैसी बात हुई। भाषा, संस्कृति और समाज की छाप के साथ जुड़ी हुई भाषा बदलनी जरूरी है। मूल में विद्यमान मान्यता जब बदलती है तो भाषा भी बदलती है।

अपने समाज की समृद्ध, मूल्यवान संस्कृति की विरासत को कायम रखने के लिए मैं क्या कर सकता हूँ?

29

कुरीतियाँ और व्यसन : बिल्ली के बिना प्रार्थना नहीं होती

शहर से दूर, पर्वतों के बीच साधुओं का एक मठ था। मठ में शाम को सारे साधु इकट्ठे मिलकर प्रार्थना करते थे। मठ में एक बिल्ली ने आश्रय ले रखा था। जब प्रार्थना होती तब बिल्ली किसी साधु के कंधे पर चढ़ती, तो किसी के अंगूठे के साथ खेलती और चारों ओर उछलती-कूदती सबका ध्यान भंग करती थी।

अतः एक वृद्ध साधु ने प्रार्थना शुरू होने से पहले एक डोरी लाकर बिल्ली को बाँधना शुरू कर दिया ताकि बिल्ली परेशान न करे। थोड़े दिनों में बिल्ली सुधर गई। तब भी सारे साधुओं को लगा कि बिल्ली को बाँधकर रखना अच्छा है। कुछ दिनों के बाद बिल्ली को बाँधने वाला साधु मर गया, पर बिल्ली को बाँधना चालू रहा।

एक दिन बिल्ली मर गई। शाम को प्रार्थना शुरू हुई और साधुओं को बिल्ली याद आई। कोई बोला : 'बिल्ली बाँधे बिना प्रार्थना कैसे होगी? हम वर्षों से बिल्ली को बाँधने के बाद ही प्रार्थना करते थे।' मठ में रिवाज हो गया था कि प्रार्थना के लिए बिल्ली बाँधी हुई होनी चाहिए। अतः नई बिल्ली ला कर बाँधी गई और तभी प्रार्थना शुरू हुई।

हम जिसे कुरीति मानते हैं, उन तमाम कुरीतियों का एक समय सामाजिक मूल्य था। मृत्यु के अवसर पर बारहवाँ करने का रिवाज सामाजिक व्यवस्था में से आया था। समाज के सारे सदस्यों को साथ मिलकर खाना खाना, क्योंकि सभी एक परिवार की तरह ही तो रहते थे, और इस तरह शोक भूल कर नए सिरे से जीवन शुरू करते थे।

स्त्रियों में घूँघट निकालने जैसा ही रिवाज 11वीं सदी में पोलीनेशिया प्रांत के आदिवासियों में भी था। उस युग में कोई स्त्री रास्ते पर जा रही होती और सामने

से कोई ऐसा पुरुष आता जो घर का सदस्य नहीं होता तो रास्ते से नीचे कूद कर वह पेड़ के पत्तों से अपना मुँह ढक लेती थी।

समुद्र की रेती में अपनी माँ या बहन के पैरों के निशान पड़े हों तो जब तक सागर की लहर उसे मिटा न देती, तब तक बेटा या बाप उस रास्ते चल नहीं सकते। उन जातियों में लड़की रजस्वला होती तो उस दिन से बाप या बेटे का घर में प्रवेश बंद हो जाता था। इन सब के पीछे कारण स्त्री-पुरुष के उन शारीरिक संबंधों को रोकना था जो विवाह से न बँधे हों।

दक्षिण गुजरात में कुछ वर्षों पहले रहते और काम करते हुए देखा था कि स्त्री और पुरुष सभी खूब शराब पीते हैं। कारण क्या? वर्ष के आठ महीने खाने को कुछ नहीं मिलता था। मजदूरी नहीं मिलती। अनाज नहीं उगता। इसलिए जमीन खोद कर इतने कड़वे कंदमूल निकालते हैं जिन्हें मुँह में न रखा जाए। उनको छील कर टुकड़े करके रात भर पानी के झरने के बीच छाबड़ी में रखा जाता है ताकि कड़वापन कम हो जाए और सुबह खाए जा सकें। जंगल में महुआ बहुत होता है, इसलिए दारू पीकर लोग भूख भूल जाते हैं।

सफाई कर्मचारी दारू क्यों पीते हैं? अस्पताल में पंद्रह दिनों की सड़ी लाश जब पोस्टमार्टम के लिए आए तो कोई डॉक्टर नजदीक नहीं जाता है। वैसे सारा पोस्टमार्टम सफाई कर्मचारी ही करते हैं। लाश की बदबू दूर करने के लिए पुलिस ही लाश के साथ दारू ले आती है ताकि सफाई कर्मचारी पोस्टमार्टम कर दे। गटर में उतरकर, मलमूत्र, केमिकल्स, खाने की सड़ी हुई चीजों से अटे गटर को साफ करने के लिए सफाई कर्मचारी दारू पीकर ही गटर में उतर सकता है।

यह सही है कि जैसे ही परिस्थिति बदले वैसे ही गैरजरूरी रिवाजों को बदल देना चाहिए। गरीब आदमी को जमीन या घर गिरवी रखकर बारहवाँ करने के लिए प्रत्यक्ष या अप्रत्यक्ष रूप में जरूरी बताने में कोई मूल्य नहीं है।

पर नवयुवक पान-मसाले या शराब की लत चढ़ गए हों तो उसे व्यसन मात्र के दृष्टिकोण से देखने की बजाय उन्हें विकास का कोई अवसर न मिलने के कारण हताशा की वजह से ऐसी परिस्थिति बन जाती है, उस रूप में परिस्थिति को देखना चाहिए।

कई गाँवों में तीस वर्ष के युवक भी अविवाहित हैं। अब लड़कियाँ गाँव में विवाह नहीं करना चाहतीं। अतः लड़का शहर की झोंपड़पट्टी में रहता हो पर नौकरी करता हो तो कोई एतराज नहीं। गाँव का शोषणजनक वातावरण आजादी के वातावरण में पली लड़कियों को पसंद नहीं है। संक्षेप में, हम प्रश्न को उसके पूरे संदर्भ में देखें तभी उसका उचित हल निकल सकता है।

दलित आंदोलन के लिए यह एक महत्त्वपूर्ण प्रश्न है। नवयुवक आंदोलन की ताकत हैं। आज की परिस्थिति से ही नई पीढ़ी कुछ अनुकरण से सीखती है, यह भी चिंता का विषय है।

युवक के नाते मुझे यह सोचना जरूरी है कि क्या हताशा में से मार्ग निकालने के लिए व्यसन ही एक अंतिम मार्ग है? हताशा में डूब जाने से तो जवानी लजा जाती है। युवक संघर्ष करके समाज में नया मार्ग बनाते हैं तभी वह आने वाली नई पीढ़ी के लिए एक उदाहरण बन सकता है।

स्त्रियाँ भी पुरुषों के जितना ही, बल्कि उससे भी कई गुना ज्यादा सहन करती हैं। सफाई के काम में सबसे गंदा काम स्त्रियों के ही हिस्से आता है। पुरुष दारू पीकर दुःख भूल जाता है। पर स्त्रियों को तो अपने बालकों को जिंदा रखने के लिए कमाना भी पड़ता है और पति को भी सहन करना पड़ता है और फिर भी वह व्यसन को हताशा में से बाहर निकलने के साधन के रूप में स्वीकार नहीं करती।

हमें अपनी ही माँ-बहन-बेटी या पत्नी के मान में सिर झुकाना पड़े, ऐसे संघर्ष में से क्या हम कुछ सीख सकते हैं? शोषण के तंत्र की यही करामात है कि शोषित समाज के युवकों में विद्यमान शक्ति को गलत रास्ते चढ़ा कर उसे खोखला कर देना ताकि भेदभाव और शोषण के विरुद्ध लड़ाई आगे चल ही न सके।

मृत्युभोज चलता है, क्योंकि मैं उसमें खाना खाने जा रहा हूँ। मैं मानता हूँ कि मेरे पिता का इन्होंने खाया है, अतः मुझे इनके पिता का खाकर हिसाब बराबर करना होगा।

दलित आंदोलन में उनतीसवाँ कदम रखते हुए मुझे अपने से पूछना होगा :

– क्या मैं एक नई परंपरा शुरू करके, अपनी आलोचना, विरोध की परवाह किए बिना बारहवें की कुरीति से, बाहर निकलकर नया मार्ग शुरू करने को तैयार हूँ? ...हाँ/ना

30

बालक : आनेवाले कल के मुक्तिदाता

गरमी से थका-हारा सिंह पेड़ के तने के पास छाया में सोया था। तने में एक बिल था जिसमें एक छोटा-सा चूहा रहता था। चूहा बिल में से बार-बार बाहर आता और सिंह पर उछल-कूद मचाता। इससे सिंह की नींद खराब हो जाती और वह चिढ़ जाता। एक बार चूहा सिंह के पंजे में आ गया। चूहे ने सिंह से कहा, 'मुझे छोड़ दो। मैं किसी दिन तुम्हारी रक्षा करूँगा।' सिंह जोर से हँस पड़ा, 'तू नन्हा-सा चूहा जंगल के राजा की क्या रक्षा करेगा?'

सिंह ने चूहे को छोड़ दिया। कुछ दिनों बाद जंगल में सरकस वाले लोग आए। उन्होंने मौका देखकर सिंह को एक जाल में फाँस लिया। सिंह ने काफी कोशिश की लेकिन वह चारों ओर से जाल में फँसा हुआ था, अतः वह कुछ कर नहीं सकता था। यह निश्चय करके कि सिंह छूट न जाए सरकस के लोग दूर खाना खाने जा बैठे।

सिंह की छूटने की कोशिशों को चूहे ने सुना था। सरकस के लोग थोड़ी दूर गए कि बिल से बाहर आकर उसने अपने दाँतों से कट-कट करके जाल काट डाला।

दलित समाज के अधिकांश लोग (70 प्रतिशत लोग) भूमिहीन मजदूर हैं। नौकरी मुश्किल से 8 से 10 प्रतिशत परिवारों में है। ज्यादातर माता-पिता के पास अपने बालक को विरासत में तगारी, फावड़ा या कुदाली देने के सिवाय और कुछ नहीं है। ऐसी संकट की घड़ी में भविष्य में दलित आंदोलन की अगुवाई कौन लेगा? यदि यह जिम्मेदारी आज के बालकों के माथे ही आनी हो तो हम उन्हें आंदोलन के सदस्य के रूप में किस तरह शिक्षित-दीक्षित करना चाहते हैं?

— धोळका के गाँव में 13 वर्ष का एक लड़का अकेला रहता है। उसके माँ-बाप अहमदाबाद में रहते हैं। माता-पिता ने ठाकुर से 1500 रु. उधार लिये

थे, उसके बदले में पैसे लौटाए जाने तक यह बालक विद्यालय छोड़कर 10 जानवरों के गोबर-मूत्र-कूड़े की सफाई का काम कर रहा है।

– अहमदाबाद में बेहरामपुरा की एक सभा में मुझे बुलाया गया। सड़क की बगल में सभा रखी थी। सड़क पर वाहन आते-जाते थे। चाल के कुछ लोग सभा में बैठे थे। बाकी के घर के दरवाजे के पास या छत पर बैठे थे। मेरे सामने आठ-दस बालक बैठे धींगामुश्ती कर रहे थे। इन बालकों के शरीर पर कपड़े नहीं थे। इनके हाथों-पैरों, मुँह, नाक की चमड़ी सफेद हो गई थी। गाँव में इतनी गरींबी होते हुए भी इतनी दुर्दशा भोगने वाले बालक मैंने पहले कभी देखे नहीं थे।

– सातेक वर्ष पहले, चुनाव के वातावरण में एक गाँव में जाना हुआ। शराब का दौर चल रहा था। पीपा ही भर कर मानो नहाने के लिए रखवा दिया था। पता चला कि 16 वर्ष के आसपास आयु वाले लगभग 26 दलित बालक इस गाँव में थे, इनमें से एकाध को छोड़कर सभी ने शराब का स्वाद चख रखा था।

– बालकों के साथ भेदभाव हो रहा है या नहीं, इसका पता लगाने के लिए 'नवसर्जन' ने एक कार्यक्रम हाथ में लिया था। शिक्षकों को पता चल गया था, अतः उन्होंने बालकों को सूचित किया कि 'नवसर्जन' के कार्यकर्ताओं के साथ बात न करें। इसलिए हमने एक पिकनिक आयोजित की। लगभग सौ बालक आए, खेले, नाटक किए, गीत गाए, बातें कीं, खाना खाया और चले गए।

– दूसरे दिन पास के एक गाँव में 10-11 वर्ष की उम्र के तीन बालकों ने विद्यालय में जाकर मास्टरों से सवाल पूछा : 'स्वतंत्रता दिवस की परेड पूरे गाँव में सभी इलाकों में घूमती है, हमारे दलित मोहल्ले में क्यों नहीं आती?' मास्टर सोच में पड़ गए। उनके पास जवाब न था अतः बालकों ने कहा : 'अगले सप्ताह 15 अगस्त है, यदि तब परेड हमारे मोहल्ले में से नहीं निकलेगी तो हम दलित बालक परेड का बहिष्कार करेंगे।'

आजादी के 54 वर्ष बाद इस गाँव के सभी क्षेत्रों में स्वतंत्रता दिवस की परेड निकली।

बालक अर्थात् ताजे फूल। उनका अवतार ही आजादी के लिए है। भेदभाव के सामने लड़ने की इनमें जो ताकत है वह कभी-कभी बड़ों को शर्मिंदा कर देती है। इनका मस्तिष्क अभी पूर्वाग्रहों से नहीं भरा है। अभी इनमें किसी अज्ञात वस्तु का भय नहीं पैठा। इन बालकों में आजादी की ज्योति जलती रहे, इसके लिए हम क्या करना चाहते हैं?

प्रत्येक बालक का हम सुंदर-सा नाम रखते हैं, पर मोहल्ले में हम अधिकांशतः उसे उप नाम से ही पुकारते हैं। कभी बाल्यावस्था में ही हम उसे मज़दूरी में जोत देते हैं।

हमारी बेटी तो मानो बाल्यकाल से ही हमारी दुश्मन हो जाती है। उसे घूमने-फिरने की आजादी नहीं होती। वह साइकिल चलाना नहीं सीख सकती। वह टीवी नहीं देख सकती। लड़का चाहे बाल्यकाल में खेलता हो, पर लड़की को घर की सारी मजदूरी करनी होती है।

आक्रोश और गुस्से में माँ और बाप उसे कैसी गालियाँ देते हैं?

'मेरी सौत!'

'तुझे मेरा भाई रखे!'

'मेरे बाप की सौत!'

'रंडी!'

'छेकड़ी!'

'मेरी सास!'

बालक और बड़े के बीच एक फर्क है। बड़े का कोई अपमान करे तो वह सामना कर सकता है, विरोध कर सकता है। पर बालक बोल नहीं सकता, केवल दुःखी होता रहता है।

हम दिन भर की बेगार से थक कर लोथ हो जाते हैं। जमीन-मालिक की दुत्कार, फटकार, अपमान झेलकर, बिना विरोध किए, दुःखी मन से घर आ जाते हैं। गुस्से की सारी भड़ास घर आकर हमारा प्रेम पाने हेतु आतुरता से प्रतीक्षा करने वाले बालकों पर निकालते हैं।

इस सब में कदाचित् हमारा दोष न हो। पर बालकों का क्या दोष है? बालकों का हक प्रेम और ऊष्मा है। वह उन्हें न मिले तो नई पीढ़ी कैसी होगी? हम जब बूढ़े, कमजोर और अशक्त हो जाएँगे तो हमें प्रेम और ऊष्मा कौन देगा?

दलित आंदोलन में तीसवाँ कदम रखते समय क्या मैं अपनी जिंदगी में कुछ निर्णय लेने को तैयार हूँ?

– क्या मैं अपने बालकों को प्रेम से और उनके सुंदर नामों से बुला सकूँगा? ...हाँ/ना
– क्या मैं ध्यान दूँगा कि दूसरे लोग भी उन्हें प्रेम से बुलाएँ? ...हाँ/ना
– क्या मैं अपने बेटे को दिन में एक बार और बेटी को दिन में दो बार बाँहों में लेकर सिर पर हाथ फेर सकूँगा? ...हाँ/ना

31

स्त्री के हक का सम्मान : समानता की लड़ाई की शुरुआत

एक गाँव में प्रवेश करते ही लोगों ने कहा : 'एक स्त्री दुश्चरित्र है।' वह 45 की उम्र वाली सुदृढ़ शारीरिक गठन की सुंदर स्त्री थी। मैंने देखा था कि उसके घर पर पति की उपस्थिति में भी एक ठाकुर उसके घर आता था। एक समय पूरी दलित बस्ती ने तय किया कि ठाकुर को मोहल्ले में आने से रोकेंगे। शुरू के कुछ दिन तो वह नहीं आया। पर एक बार वह आया और दलित युवकों के साथ संघर्ष में उसकी मृत्यु हो गई।

इस स्त्री का उस पुरुष के साथ संबंध के बारे में क्या कहना था?

'मैं 16 वर्ष की उम्र में ब्याह कर आई, तब सुखी दांपत्य जीवन निभाने की बड़ी ही उत्कंठा थी। विवाह के थोड़े दिनों बाद खेत में हरी घास चूँटने गई तब उस ठाकुर ने मुझसे बलात्कार किया। मैं दुःखी मन से सकुचाती दंताली फेंक कर घर आई। मैंने अपने पति, देवर, जेठ, ससुर को इकट्ठा करके मेरे साथ जो घटित हुआ वह बताया। वे सब मेरी तरफ मुँह ऊँचा करके देखने के बजाय जमीन कुरेदने लगे। तब से मैंने तय कर लिया कि इन नामर्दों के साथ संबंध रखने के बजाय उस व्यक्ति के साथ संबंध रखूँगी।'

समाज ने सिर्फ इस स्त्री को बदनाम ही किया था। जब वह अन्याय के विरुद्ध लड़ने निकली थी, तो कोई उसके पक्ष में नहीं खड़ा हुआ। इसे बदनाम करके सबने अपनी निष्क्रियता पर संतोष माना। यह बात हुई दलित-गैरदलित के जात-पाँत के आधार पर हुए भेदभावपूर्ण शोषण की।

हम जिन्हें अपने से ऊँचा मानते हैं, उनसे सीखकर 'बेटा पैदा नहीं करती और अपने बाप से दायजा नहीं लाती' इसी बहाने से अपनी कितनी ही बेटियों को जला डालते हैं? स्त्रियों को जलाने की संस्कृति स्वयं को ऊँचा मानने वालों की थी। वह हमारी कबसे हो गई?

विवाह के बाद अनबन हो जाती है और रक्षा के लिए बेटी हमारे यहाँ आती है तो हम उसकी सुरक्षा की चिंता किए बगैर क्या कहकर उसे वापस धकेल देते हैं?

'कूवा-बावड़ी करना हो तो वहाँ करना।'

आज गुजरात में प्रतिदिन लगभग 17 और वर्ष में लगभग 7000 स्त्रियाँ अप्राकृतिक मौत से मरती हैं। मरने से पहले मजिस्ट्रेट उससे जवाब लेने आता है तो हम उसे क्या समझाते हैं?

'जो होना था हो चुका! अब तू जवाब देकर अपने पति को अंदर कराएगी तो तेरे छोटे-छोटे बच्चों का क्या होगा?'

ऐसी परेशानी झेलने वाली एक महिला का केस 'नवसर्जन' ने जब अपने हाथ में लिया तो लड़के के घरवालों ने जी भर कर गालियाँ दीं।

'तुम्हारा नवसर्जन वालों का उसके साथ संबंध होगा, तभी तुम उसका केस हाथ में ले रहे हो।'

एक इलाके में तो 'नवसर्जन' ने ऐसे केस हाथ में लिए इसलिए विरोध हुआ।

'तुम तो कहते थे कि हम दलितों को न्याय दिलाने का काम करते हैं और तुम तो अन्याय का काम करते हो।'

वैवाहिक जीवन में दो व्यक्तियों के बीच बखेड़ा हो जाए, और न बने, इसे समझा जा सकता है, पर क्या इससे मुझे अधिकार मिल जाता है कि मैं अपनी पत्नी को जीवित जला दूँ?

स्त्री-समानता का सवाल उसके जन्म से शुरू होता है। बेटी जनमती है तो सास-ससुर-पति का मुँह उतर जाता है। कई माँ-बाप का अनुभव है कि उनके बुढ़ापे में उनके बेटे नहीं सँभालते वरन् बेटियाँ सँभालती हैं। फिर भी बेटी जन्म से ही अनचाही हो जाती है।

एक गाँव में पता लगा कि सबसे अधिक पढ़ी-लिखी लड़की सातवीं कक्षा पास है। होशियार होते हुए भी आर्थिक विवशता से बाध्य होकर माता-पिता ने लड़की की पढ़ाई बंद करा दी। मैंने उसकी पढ़ाई का खर्च जुटाने की बात कही तो दूर कोने में लेटी, दमे से पीड़ित, चारपाई पर साधारण तौर से बैठ भी न सकने वाली दादी एकदम बैठी हो गई और पढ़ने से मना कर दिया। उन्हें डर था कि बेटी पढ़ने जाएगी तो बच्चों को सँभालने की जिम्मेदारी उन पर आ पड़ेगी। दादी को लगा कि न पढ़ाने की बात पर लड़की को बुरा लगा है, अतः उसे धीरे से समझाया।

'बेटा, तुझे ब्याह कर सुखी करेंगे।'

लड़की बोली : 'आप मुझे पढ़ाकर तो सुखी करने की बात करते नहीं।'

दादी ने फिर समझाया।

'बेटा, अच्छा लड़का देखकर तुम्हें ब्याहेंगे।'

लड़की ने कहा : 'पर मैं पढ़ूँगी नहीं तो अच्छा लड़का मिलेगा कैसे?'

बालिका को शोषण से बाहर निकलना है। उसके अंदर शक्ति है, सिर्फ हमारा हाथ पकड़ना चाहती है। क्या हम उसके लिए अपना हाथ आगे बढ़ाने को तैयार हैं?

पर माता-पिता उसे नहीं पढ़ा सकते, यह भी हकीकत है। खाने का भी संकट है, तो हजार रुपए कपड़ों, किताबों के लिए कैसे निकालेंगे? यहाँ आंदोलन में सहभागिता का सवाल शिक्षितों और नौकरी करने वालों के लिए आता है। दलितों के प्रश्न समाज के प्रश्न हैं, ऐसी हमारी समझदारी हो और इस बालिका की पढ़ाई का सवाल माता-पिता हल नहीं कर सकते तो क्या ऐसी दशा में यह दलित आंदोलन का प्रश्न नहीं बन जाता?

मूल बात बेटी और बेटे को समान मानने की है। हम 'गाँव में रहने वाले लोग बेटी को पढ़ा नहीं सकते' ऐसी बात कहते हैं, 'अल्पावस्था में इसे ब्याह दिया है' ऐसी बात भी कहते हैं। पर शिक्षित व शक्तिशाली लोग बेटी के जन्म लेने से पहले ही गर्भ परीक्षण करवा कर उसे जन्म ही नहीं लेने देते, इसकी बात नहीं करते।

दलितों के अधिकार की तमाम बातें स्त्री-अधिकार पर लागू होती हैं। स्त्री किसी भी धर्म या जाति की हो, उसे पुरुष की परछाईं के रूप में ही देखा जाता है। दलित-अत्याचार में सबसे ज्यादा हिंसा स्त्रियों पर होती है। दलित-स्त्रियों के यौन-शोषण का बदला लेने के लिए हमें गैर-दलित स्त्रियाँ ही दिखाई देती हैं।

दलित आंदोलन की समानता की लड़ाई हमारे घर व समाज में स्त्रियों के समानता के अधिकार से ही शुरू हो सकती है। अतः अंबेडकर सिर्फ दलितों के ही नेता नहीं माने जाते। तमाम स्त्रियों को प्रत्येक जाति व धर्म के कानून एक तरफ रखकर एक समान अधिकार मिलने चाहिए। इस मुद्दे पर उन्होंने कानून मंत्री पद से इस्तीफा दिया था।

दलित आंदोलन, समाज के आधे लोगों को इनसे दूर रहकर आगे नहीं बढ़ सकता। इकतीसवाँ कदम उठाकर दलित आंदोलन को मजबूत करने के लिए मैं कुछ प्रश्नों के बारे में स्वयं सोचने को तैयार हूँ :

— क्या मैं अपने घर में व समाज में स्त्रियों का सम्मान कर सकता हूँ? ...हाँ/ना

– क्या मैं मनुष्य के रूप में जीने के इनके अधिकार को मान दे सकता हूँ? ...हाँ/ना
– क्या मैं उनके विकास में सहायक हो सकता हूँ? ...हाँ/ना
– क्या मैं खाना खाने के बाद अपनी थाली माँजने को तैयार हूँ? ...हाँ/ना
– क्या मैं अपने कपड़े स्वयं धोने को तैयार हूँ? ...हाँ/ना
– क्या मैं घर के सारे काम बराबरी के स्तर पर करने को तैयार हूँ? ...हाँ/ना
– क्या मैं स्त्रियों को गालियाँ देने और सबके सामने उनका अपमान जारी रखना चाहता हूँ? ...हाँ/ना
– क्या मैं स्त्री को भोग की वस्तु के रूप में देखना चाहता हूँ? ...हाँ/ना
– मेरे घर में बेटी के जन्म पर क्या मैं दुःखी हो जाऊँगा? ...हाँ/ना
– क्या मैं दहेज लेने को तैयार हूँ? ...हाँ/ना
– क्या मैं घर में, जमीन में या बैंक खाते में मालिक के रूप में स्त्री का नाम डालने को तैयार हूँ? ...हाँ/ना
– क्या मैं आज से ही आश्वस्त होना चाहता हूँ कि मेरी बेटी को घर में कोई गंदी गाली न दे? ...हाँ/ना
– क्या मैं बेटी को जितना पढ़ना चाहे, पढ़ाने को तैयार हूँ? ...हाँ/ना
– मैं अपनी नजर के सामने किसी भी स्त्री की मारपीट होती हो तो क्या देखते रहने को तैयार हूँ? ...हाँ/ना
– क्या मैं पंचायत में निर्वाचित स्त्रियों को स्वयं प्रशासन चलाने देने को तैयार हूँ? ...हाँ/ना

32

दलित : बंद कुआँ नहीं, विस्तृत समुद्र है

एक सुंदर तालाब की पाल पर बड़ का पेड़ था। बड़ पर एक कबूतर बैठा था। उसने देखा कि हवा के थपेड़े से पेड़ से चींटी उड़ी और तालाब के पानी में गिर पड़ी और पानी में बहने लगी। कबूतर ने अपनी चोंच से बड़ का एक पत्ता तोड़ कर पानी में डाल दिया। चींटी पत्ते पर चढ़कर पानी से बाहर आ गई। चींटी ने कबूतर से कहा, 'तुमने मुझे बचाया, मैं तेरी जरूर एक बार मदद करूँगी।' कबूतर ने मन ही मन सोचा कि यह नन्ही-सी चींटी मेरी किस तरह मदद करेगी?

एक बार बड़ के पेड़ के पास शिकारी आया। उसने कबूतर को देखा। कबूतर का ध्यान दूसरी तरफ था। शिकारी ने निशाना साधा और बंदूक के घोड़े पर अंगुली रखी। चींटी ने यह सब देखा। फुर्ती से वह शिकारी के पास गई और उसके पैर में काट लिया। शिकारी का निशाना चूक गया। कबूतर उड़ गया और बच गया।

भारत की 100 करोड़ की आबादी में 80 करोड़ गरीब लोग हैं। सरकारी गोदाम अनाज से भरे पड़े हैं, फिर भी रोजाना गरीब बालक भूखे मर रहे हैं। गाँवों में बालकों के पढ़ने के लिए टूटे-फूटे भवन अथवा फर्नीचर की मरम्मत के लिए सरकार के पास पैसे नहीं हैं, पर धनवानों के बालकों को डॉक्टर, इंजीनियर और वैज्ञानिक बनाने पर वह खूब पैसा खर्च करती है। गाँवों में पेयजल नहीं है, पर शहर में बारहों महीने फव्वारे चलते हैं। फिर भी ये 80 प्रतिशत गरीब अपने अधिकार के लिए इकट्ठे नहीं होते।

गरीब आदमी भीख माँगने दलित के घर जरूर आते हैं, पर वे आटा, दालें-मसाले या खाना स्वीकार नहीं करते। साधु दलितों के मोहल्ले में पैसे उगाहने जरूर आते हैं, पर दलित के घर खाना कभी नहीं खाते।

वर्षों पहले एक गाँव का ठाकुर पैसों-टकों से कंगाल हो गया था। रात के अँधेरे में कोई देख न ले, इस तरह वह दलित के घर से उधार आटा ले जाता

था। दूसरे ठाकुरों को पता लगा तो उसे धमकाया। पर किसी ने यह नहीं कहा कि, 'चल, आटा मेरे घर से ले जा।' थोड़े दिनों बाद वह अपने बालकों को भूख से छटपटाते देख न सका और उसने आत्महत्या कर ली।

इस परिस्थिति के मूल को समझने के लिए देश और दुनिया के इतिहास पर जरा दृष्टिपात कर लें।

आर्य जब मध्य एशिया से भारत में आए थे तब अपने साथ औरतें नहीं लाए थे। भारत में स्थानीय आबादी द्रविड़ों की थी और वे सब मजदूर थे। इसी समय दक्षिणी भारत में एक अन्य समाज रहता था जिसे अफ्रीका महाद्वीप से आया हुआ माना जाता है। पहले सभी साथ मिलकर शिकार करते और मिल बाँटकर खाते थे। जब खेती की शुरुआत हुई, तब जिनके पास लोहे के हल आए वही जमीन जोतने लगे और शेष मजदूरी करने लगे। पहली बार जमींदार और मजदूर अलग-अलग रहने लगे।

पहले साथ मिलकर मेलजोल से खाते थे, उसके बदले अब एक दे तभी दूसरा खाए, ऐसी सूरत हो गई। झगड़ा होने पर कुछ लोग जंगल में चले गए। जंगल में रहने वाले आदिवासी हुए। प्रायः सपाट भूमि पर रहने वालों और जंगल में रहने वाले आदिवासियों के बीच युद्ध होते थे। इतिहास के मतानुसार महाभारत का युद्ध इन दोनों प्रजाओं के बीच आर्थिक सत्ता का युद्ध था, धार्मिक युद्ध नहीं था।

खेती की व्यवस्था के कारण नए-नए राज्य बन गए। आहार के असमान वितरण से खाद्य पदार्थ की कमी उत्पन्न हुई। लोगों का ध्यान असमान वितरण से हटाने के लिए दो राज्यों के बीच युद्ध होते थे। उस समय में भगवान को प्रसन्न करने के लिए प्रचुर मात्रा में यज्ञ होने लगे ताकि अनाज अधिक पैदा हो। अश्वमेध यज्ञ ऐसा ही यज्ञ था। जो राजा घोड़े को पकड़ता, उससे युद्ध होता, और जो हारता वह उसका राज्य ले लेता।

इस व्यवस्था में जो धार्मिक कर्मकांड कराते थे उनका महत्त्व बढ़ गया। ये लोग राजा से अधिकाधिक मूल्य वसूल करते थे। उन दिनों पैसों का व्यवहार नहीं था। गाय आर्थिक व्यवहार का साधन थी। खिराज में गायें दी जातीं। दान में गायें दी जातीं। उस जमाने में गाय और बैल का मांस सभी खाते थे। गाय अर्थतंत्र का मुख्य साधन होने से उसकी रक्षा करना जरूरी था। अतः गाय को पवित्र माना जाने लगा ताकि कोई उसकी हत्या न करे। बांग्लादेश में बैल आज भी अर्थतंत्र का मुख्य साधन है, अतः उसे मारने पर प्रतिबंध है।

आर्य जिन प्रदेशों से आए थे, वहाँ बहुत ठंड थी अतः शीत ऋतु में वे शिकार नहीं कर सकते थे। उन्हें जीवित रहने के लिए खाद्य पदार्थ लंबे समय तक संग्रह

करके रखना पड़ता था। खाद्यान्न को संग्रहित करने के लिए गरम मसाले जरूरी थे, जो भारत में पैदा होते थे, इसीलिए वे यहाँ आए।

ऐसा माना जाता है कि हम ज़िसे भारत कहते हैं उसका नाम हिमालय के अंचल में राजा भरत के नाम पर पड़ा था। तब लोग नदी किनारे बसते थे। अतः भारत में जो भी आबादी थी, वह उस सिंधु नदी के आसपास बसी थी, जो वर्तमान में पाकिस्तान में बह रही है। बाहर से आने वाले लोग भारत के इस प्रदेश को 'सिंधु प्रदेश' के रूप में पहचानते। कालांतर में सिंधु का नाम हिंदु हो गया।

आर्य भारत में एक बार नहीं, अनेक बार आते रहे। वे इसी कारण शक्तिशाली कहलाते थे कि पहिए की खोज उन्होंने ही की। इस वजह से वे आसानी से घूम-फिर सकते थे और एक जगह से दूसरी जगह तक खाद्यान्न भी ले जा सकते थे। वे अच्छे कवि थे और उनका मुख्य धंधा पशुपालन था। वे अपने साथ घोड़े लेकर आए थे। घोड़ा भारत का प्राणी नहीं है।

आर्यों ने अपने समय की परिस्थिति या कल्पनाओं को व्यक्त करने वाली कविताएँ लिखीं, वही वेद हैं। पहला वेद लिखा ऋग्वेद है। ऋग्वेद के अंतिम भाग में आज से तीनेक हजार वर्ष पहले प्रजापति का गीत लिखा गया। यह प्रजापति का गीत क्या है? इसमें लिखा है–

'प्रजापति (संसार के स्रष्टा) ने अपने सिर से ब्राह्मण बनाए। अपने हाथ से क्षत्रिय बनाए। अपनी जाँघ से वैश्य बनाए और अपने पैरों से शूद्र बनाए।' शूद्र को ऊपर वाले तीनों की सेवा करना। दलित शूद्र नहीं हैं, पर इन चार जातियों में से जो बचे और जो जाति व्यवस्था से बाहर रहे, वे हैं।

आदिवासी जंगल में थे अतः वे वर्ण-व्यवस्था से बाहर रहे। संक्षेप में, जो पूजा करते कराते थे वे ब्राह्मण कहलाए। जो राज करते थे और जिनके हाथ में फौज थी, वे क्षत्रिए कहलाए। जो आर्थिक लेन-देन करते थे, अनाज का भंडारण करते थे, वे वैश्य याने बनिए कहलाए और जो खेती करते थे, वे शूद्र कहलाए। शूद्रों की मेहनत से राज चलता था। जिन लोगों के पास जमीन न थी और जो मजदूरी करके घर चलाते थे, वे दलित थे, यही समझ लें।

सबसे अधिक संख्या शूद्रों व दलितों की थी। ये विरोध न करें इसलिए ऐसा साम, दाम, दंड व भेद से थोप दिया गया कि इस संपूर्ण व्यवस्था को भगवान ने निर्मित किया है।

एक बार यह व्यवस्था बन जाने पर इसे कायम रखना जरूरी था, अतः नियम बनाने शुरू हुए। मनु स्मृति अर्थात् इन नियमों की पोथी। जाति को जन्म से थोपा गया, ताकि ब्राह्मण का बेटा ब्राह्मण बने। दूसरे, जाति से बाहर विवाह करने पर

प्रतिबंध लगे। जिससे रक्त-संबंध के आधार वाली वर्ण-व्यवस्था स्थायी बनी रहे। जो इस नियम को तोड़े वह जाति से बाहर।

दूसरा नियम यह था कि धंधों को जाति के साथ जोड़ दिया गया ताकि जिसके पास आर्थिक सत्ता हो, वह उसकी संतानों के पास सुरक्षित बनी रहे। जिस तरह अपने बेटे भरत को राजगद्दी प्राप्त हो, इसके लिए राम-सीता को वनवास भेज दिया गया, उसी तरह।

मोटे-मोटे नियमों के बावजूद स्त्री-पुरुषों के मिलन को रोका नहीं जा सका। जाति से बाहर संबंध बनाने वाले लोग जाति से बाहर निकाले गए और इस तरह नई-नई जातियाँ बनीं। चार जातियों से आज भारत में लगभग 4000 जातियाँ हैं।

जो पहली तीन जातियाँ थीं उन्हें एक डर अब भी था कि शूद्र और दलित बगावत करेंगे। उनको अलग-अलग करने के लिए जो जाति-व्यवस्था से बाहर थे उन्होंने, उन्हें अस्पृश्य घोषित किया। इस तरह दूसरे सबसे अलग रहने की अनिवार्यता कर दी। इस तरह देश की पाँचवें भाग की आबादी अस्पृश्य बनी।

वर्ण-व्यवस्था में विश्वास करने के लिए कर्म और पुनर्जन्म की बातें प्रचलित कीं। प्रत्येक व्यक्ति अपने कर्म की वजह से संबंधित जातियों में जन्म लेता है और अगर उसके कर्म उत्तम हों तो अगले जन्म में जाति बदल जाती है, ऐसा प्रपंच लोगों के मन में जमा दिया। एक बार मनुष्य मर जाता है तो फिर उसे जन्म और पुनर्जन्म का क्या पता? पर पुनर्जन्म की आशा लटकती रखी, ताकि विरोध न हो और जाति बदलने की आशा जीवित रहे।

चारों जातियों में अमीर व गरीब थे ही, पर वर्ण-व्यवस्था रक्त की शुद्धता और अस्पृश्यता के डर को बनाए रखा, ताकि गरीब संगठित न हो सकें। मनु स्मृति में अपनी जाति से बाहर संबंध रखने वाले के लिए सख्त सजा का प्रावधान किया गया है।

वर्ण-व्यवस्था और भेदभाव का सबसे पहला विरोध भगवान बुद्ध ने किया। बुद्ध क्षत्रिय थे। खाद्यान्न के असमान वितरण के प्रश्न को उठाने के बजाय यज्ञ में प्राणियों की हिंसा तथा युद्धों के विरुद्ध उन्होंने अहिंसा का संदेश दिया। इसी काल में भगवान महावीर भी हुए थे। वे भी क्षत्रिय थे और उन्होंने भी जीव दया की बात कही थी।

पशु का शिकार और मांस सभी लोगों का भोजन था, क्योंकि खेती बहुत बाद में जाकर शुरू हुई थी। बुद्ध ने अहिंसा का संदेश दिया और जीवित पशु को मारने के बजाय मृत पशु का मांस खाना शुरू हुआ, ऐसा माना जाता है।

बुद्ध की बात बहुत फैली। बुद्ध के मरने के बाद बौद्ध धर्म भारत, श्रीलंका,

जापान आदि देशों में बहुत तेजी से फैला क्योंकि वह समानता, प्रेम व करुणा की बात करता था। वर्ण-व्यवस्था की तथा ब्राह्मण के वर्चस्व की नींवें हिलने लगीं। उन्होंने चतुराई करके बुद्ध को विष्णु के आठवें अवतार के रूप में स्वीकार करके इस विरोध को रोक दिया।

प्रजापति का गीत लिखे जाने के 500 वर्षों बाद बुद्ध का जन्म हुआ था। भारत 1947 से पहले एक देश नहीं था, वह छोटे-छोटे राज्यों में बँटा था।

भारत में खाद्य पदार्थ के असमान वितरण की समस्या के जैसी ही समस्या सारे संसार के सभी भाग भोग रहे थे। इस असमान वितरण में से ही गुलाम और मालिक की व्यवस्था पैदा हुई। खाद्य पदार्थ और जीवन निर्वाह की खोज में लोगों के समूह एक स्थान से दूसरे स्थान पर लगातार परिवर्तन करते थे।

आज से 1000 वर्ष पूर्व गुजरात और राजस्थान की सीमा से एक बड़ा समूह स्थलांतरण करता-करता ईरान तथा मिस्र तक जा पहुँचा था। वहाँ पर लगभग 400 वर्ष तक रहने के बाद वह छोटे-छोटे समूहों में हंगरी, सर्बिया, पोलैंड, रूस पहुँचा। वहाँ लगभग 150 वर्ष तक रहने के बाद उनमें से कुछ स्वीडन, इंगलैंड और स्पेन पहुँचे और आज वे 'जिप्सी' के रूप में जाने जाते हैं। गुजरात में 'हरिजन' शब्द पर प्रतिबंध है, वैसे ही यूरोप में 'जिप्सी' शब्द बोलने पर मनाही है। अतः वे रोमानी कहलाते हैं। वे काली की पूजा करते हैं। उनका मुख्य धंधा नस्ली घोड़ों का पालन और क्रय-विक्रय है।

हम गौरव से कहते हैं कि दुनिया के कोने-कोने में आपको गुजराती मिलेंगे। क्यों? कैसे? धंधे की खोज में स्थलांतरण हुआ था इस वजह से! आज से 800 वर्ष पूर्व राजस्थान प्रदेश से हजारों लोग मुस्लिम आक्रमण से बचने के लिए सौराष्ट्र में आ बसे जिन्हें हम मेघवाल के रूप में जानते हैं।

भारत में मुसलमान आए, अंग्रेज आए, पारसी आए, डच लोग आए, वे सब धंधे, पैसे की खोज में, या फिर सुरक्षा की तलाश में आए। उनमें भले लोग भी थे और बुरे भी। कालांतर में उनका विरोध स्थानीय जनता की ओर से हुआ।

हमने अंग्रेजों को विदा किया। दक्षिण अफ्रीका में जाएँ तो स्थानीय काली जनता के सबसे बड़े शत्रु भारत के लोग, विशेष रूप से गुजराती हैं। क्योंकि यहाँ से जो लोग वहाँ गए हैं उन्होंने स्थानीय लोगों का खून चूसने में कोई कमी नहीं रखी।

इस समय गुजरात में और भारत में 'हिंदुत्व' की लहर चल रही है। हिंदू धर्म के नाम पर बहुसंख्यक को संगठित करके, जो लोग वर्ण-व्यवस्था में सबसे ऊपर हैं उनकी राजनीतिक व आर्थिक सत्ता सुरक्षित रखना चाहते हैं।

दुनिया के दूसरे भागों में भूतकाल में और आज भी यही हो रहा है। यूरोप

और अमेरिका में 'ईसाई' धर्म के कारण राजनीतिक सत्ता पैदा हुई। पाकिस्तान, बांग्लादेश, इरान, ईराक, अफगानिस्तान आदि अनेक देशों में 'इस्लाम' धर्म के कारण सत्ता और शोषण की व्यवस्था दोनों को कायम रखा गया है। श्रीलंका में बौद्ध धर्म अपनी पकड़ बनाए रखना चाहता है।

भारत समेत संपूर्ण विश्व में आर्थिक व सामाजिक असमानता के विरुद्ध लड़ाई तीन साधनों से लड़ी जा रही है।

प्रथम, राजनीतिक विचारधारा बदल कर सत्ता को पलट देना। रूस, चीन, दक्षिणी अमेरिका तथा एशिया के कुछ देशों में साम्यवाद की विचारधारा फैली, जिसके कारण इन देशों में जमींदारी, उच्च वर्गों का वर्चस्व काफी खत्म हुआ।

दूसरा रास्ता हिंसा का था। फ्रांस की क्रांति, 1920 में भारत के उत्तरी प्रांत में तथा पश्चिमी बंगाल में जमींदारों के विरुद्ध लड़ाई इसका उदाहरण है।

तीसरा रास्ता धर्मांतर का। इसका कारण यह है कि धर्म ही शोषण व असमानता को बनाए रखने का मूल साधन है। अतः जो लोग असमानता भोगते हैं, उन्होंने धर्मांतर का रास्ता अपनाया। लाखों अश्वेत अमेरिका तथा अन्य देशों में मुसलगान बने। एशिया में बहुत से लोग बौद्ध बने। दलित लोग ईसाई, मुसलमान, सिख व बौद्ध बने और आज भी बन रहे हैं। ईसाई धर्म में भी टुकड़े हुए और मुस्लिम धर्म में भी।

आजादी के बँटवारे के समय पाकिस्तान में हिंदुओं में जो दलित थे, उन्हें हाथ जोड़कर रोका गया। क्योंकि वे सब सफाई कर्मचारी थे। वे चले जाएँ तो देश सड़ने लगे। कालांतर में पाकिस्तान में हिंदू बनकर रहना मुश्किल हो गया, अतः उनमें से लगभग 15 प्रतिशत ईसाई बन गए।

गरीबों का शोषण करने में और असमानता को कायम रखने में दुनिया के सभी धर्म एक समान हैं।

धर्म को मानने वाले सब लोग अलग-अलग कारणों से धर्म को मानते हैं। कोई इसलिए मानता है क्योंकि धर्म के बिना कोई राजनीतिक सत्ता नहीं टिकती है। कई इसलिए मानते हैं क्योंकि उन्हें एक धर्म के होने का बहाना करके गरीब लोगों को शर्मिन्दा कर शोषण के विरुद्ध सुना-अनसुना करने को मजबूर करता है। कई लोग अपना दुःख भूलने के लिए धर्म में विश्वास करते हैं। बहुत से लोग धर्म विशेष की अच्छी बातों व मूल्यों से आकर्षित होकर उसे मानते हैं।

अतः दुनिया के प्रत्येक धर्म में शोषण, अंध श्रद्धा, पाखंड के विरुद्ध विरोध होता रहा है, साथ ही उसे सुधारने के आंदोलन हुए हैं। मार्टिन लूथर ने ईसाई धर्म के विरुद्ध जबर्दस्त विरोध किया, क्योंकि वहाँ राजनीतिक सत्ता कुछ लोगों के

हाथ में थी। स्वामी विवेकानंद, राजा राममोहन राय ने हिंदू धर्म के पालन को सुधारने के बहुत प्रयत्न किए, इत्यादि।

धर्म हमेशा दुनिया के इतिहास में कुछ लोगों की अथवा जो लोग उसका पालन करते हैं, उनकी ही जागीर नहीं रहा। वेद, रामायण, महाभारत की संसार के अन्य लोगों को भारत से बाहर जानकारी नहीं थी। संसार की अन्य भाषाओं में भाषांतर करके उन्हें दुनिया के समक्ष रखने का काम ईसाई पादरियों और अंग्रेजों ने किया। औरंगजेब ने मंदिर तुड़वाए तो अकबर ने अनेक बनवाए। खंभात और अहमदाबाद में अकबर की इजाजत से 15वीं सदी में पहले दो ईसाई गिरजे बने।

दुनिया के इतिहास में तीन बातें हमें सुस्पष्ट देखने को मिलती हैं। एक, दुनिया के तमाम धर्मों का उपयोग धनवानों ने गरीबों के शोषण और उनके प्रति असमानता कायम रखने के लिए किया है।

दूसरे, शोषण, भेदभाव (वर्ण, वंश, जाति के आधार पर) और असमानता को कायम रखने के लिए सामाजिक व्यवस्था बनी है, उसकी बुनियाद में उस व्यवस्था को धर्म द्वारा मान्यता मिली है।

तीसरे, जहाँ भी शोषण, भेदभाव तथा असमानता का विरोध हुआ है, वहाँ उस विरोध को धर्म के विरुद्ध मान कर उसे दबा देने के प्रयत्न हुए हैं।

प्रत्येक धर्म कहीं न कहीं प्रेम, दुनिया की सहायता, शांति, भाईचारे, न्याय, समानता की बात करता है। पर ये बातें दब कर इनमें से जुनून, हिंसा, आतंक, अन्याय, शोषण और असमानता ही बाहर क्यों आते हैं? क्योंकि मुश्किल उस धर्म में नहीं वरन् इसमें है कि उस धर्म के आधार पर जो लोग अपना वर्चस्व और सत्ता कायम रखना चाहते हैं, वे धर्म को तोड़-मरोड़कर लोगों को उलटा सिखाते हैं।

अतः दुनिया भर में धर्म परिवर्तन के रास्ते सामाजिक न्याय या समानता का वातावरण नहीं बन सका। विश्व हिंदू परिषद् गाँव-गाँव में दलितों के मंदिर प्रवेश का, सिर पर मैला उठाने से मुक्ति का, न्यूनतम वेतन-पालन, दलितों का काम कभी हाथ में नहीं लेते, क्योंकि यदि वह ये काम करे तो संगठन का खात्मा तय है।

पाकिस्तान या भारत के किसी राजनेता में एक-दूसरे के प्रति प्रेम और भाईचारे की बात करने की हिम्मत नहीं, क्योंकि यदि वे ऐसा करने जाएँ तो राजनीति व सत्ता से निष्कासित हो जाने पर उन्हें अपने गाँव में चाय या पान की दुकान लगाने को विवश होना पड़े।

अमेरिका में आज विश्व शांति की बात करने की हिम्मत नहीं, क्योंकि उसकी आमदनी बारूद के गोले, हथियार बनाने वालों से ही होती है।

संक्षेप में, सार इतना ही है कि–

धर्म के आधार पर, जात-पाँत के नाम पर या स्त्री-पुरुष के नाम पर निर्मित भेदभाव और असमानता के पीछे निश्चित सोच है। यह व्यवस्था इसीलिए कायम रखी जा रही है क्योंकि इससे जिसे लाभ होता है, उसका इसमें हित है। मात्र कानून से यह दूर होने वाली नहीं। क्योंकि आखिर तो कानून बनाने वाले, उसका एक या दूसरा अर्थ लगाने वाले और फैसला करने वाले एक ही हैं।

इस बात में कोई आश्चर्य नहीं कि जिस दिन धर्म इस भेदभाव, अन्याय, शोषण, अस्पृश्यता और अपमान को सहारा देना बंद करेगा, तब गरीब या दलित नहीं, वरन् जो अपनी जात को 'ऊँचा' मानते हैं वे धर्म परिवर्तन करेंगे।

हम इस संपूर्ण व्यवस्था को हित के संघर्ष के रूप में देखें, यह बहुत जरूरी है, क्योंकि तभी हम अपने हित की जिम्मेदारी अपने धर्म परिवर्तन में करेंगे।

अतः 'दलित' को एक जाति मान लेने से नुकसान दलित आंदोलन को ही होगा। वर्ण-व्यवस्था बनाने का मूल कारण गरीबों को बाँटना और अलग-अलग रखना है। ताकि देश में असमानता कायम रहे। दलित आंदोलन की अंतिम सीढ़ी का एक सोपान यही होगा कि सारे गरीब, सभी तरह के भेदभाव भूलकर, संगठन बनाकर, सत्ता कब्जा करें और देश को गरीबों का राष्ट्र बनाएँ। दलित आंदोलन की सफलता इसी बात में है कि यह बंद कुआँ नहीं, वरन् विशाल विस्तृत सागर बन जाए। कुएँ को पाटना आसान है। समुद्र को पाटना आसान नहीं।

33

दलित आंदोलन का इतिहास : व्यर्थ का परिश्रम

पिछले 3000 वर्ष के दौरान दलितों की स्थिति में कोई अंतर आया है या नहीं? कुछ बदलाव देखा जा सकता है।

गले में कुलड़ी और पीठ पीछे झाड़ू तो बंद हुए हैं, पर रामपात्र और हाथ में झाड़ू रहे हैं। सरकारी वाहनों, दुकानों, सार्वजनिक स्थानों पर छुआछूत कम हुई है। पर ज्यादातर लोग गाँव में सार्वजनिक स्थानों को अपने स्वामित्व का ही मानते हैं। अत्याचार के खिलाफ विरोध शुरू हुआ है पर इसके साथ ही दलितों पर हिंसा बढ़ी है। 'उच्च वर्ग' से लड़ सके हैं पर अंदर ही अंदर उच्च वर्ग पैदा हो गया है। आमदनी बढ़ी है, पर उसके साथ स्त्री पर हिंसा और व्यसन बढ़े हैं। जागृति बढ़ी तो आय घटी है। युवक जागरूक हुए हैं पर गरीबों में दुश्मन देखने लगे हैं। अंबेडकर के चित्र और मूर्तियाँ बढ़ी हैं, पर उनके विचार नहीं फैल रहे हैं।

क्या हम साइकिल को स्टैंड पर रखकर ही चला रहे हैं? बादल भी उमड़े हैं, हवा भी चली है, ऊष्मा भी बढ़ी है, मोर बोल रहे हैं, धरती प्यासी है, फसल सूख रही है, वर्षा ऋतु है, तब भी मूसलाधार वर्षा क्यों नहीं होती?

क्या कमी है हमारे पास? कानून नहीं है? शिक्षा नहीं है? आरक्षण नहीं है? अंबेडकर, फुले, पेरियार की विरासत नहीं है? लड़ने की शक्ति नहीं है?

बहुत सोचने पर ऐसा लगता है कि हमारे पास सभी कुछ है, बस ताने-बाने के बीच मेल नहीं है। बुनते-बुनते जो तार टूटते हैं, वे जुड़ते नहीं हैं। सारे तार रंग में नहीं भीगे हैं अतः थोड़े बिना रंगे कोरे रह गए हैं तो कोई गहरे रंग गए हैं। उधर ताने-बाने को व्यवस्थित रखने वाला करघा टेढ़ा चल रहा है।

जो सवाल परेशान करते हैं हमें उनकी चर्चा करनी चाहिए।

गाँधी महान या अंबेडकर?

अंबेडकर की फिल्म में एक सीन आता है। अंबेडकर की देखभाल करने वाला एक छोटा-सा आदमी पर्दे पर दिखता है। और यह सीन देखते ही पिक्चर देखने उमड़े लोग तालियाँ, सीटियाँ, और चीखना-चिल्लाना शुरू कर देते हैं। क्यों? यह छोटा-सा आदमी अंबेडकर को गाँधी की हत्या का समाचार देने आता है। एक राजनीतिक नेता ने ऐसा करने को भेजा था, ऐसी बातें बहुत सुनने को मिलती हैं।

गाँधी का स्वर्गवास हुए 54 वर्ष बीत गए। उन्होंने कहा था कि वे हिंदुओं का बँटवारा नहीं होने देंगे। आमरण उपवास किया था, दलितों के लिए अलग मताधिकार की जिस बात को अंग्रेजों ने स्वीकार किया था, उसे उन्होंने रोका था। यह बात मंजूर हो गई होती तो आज कांग्रेस और भाजपा में या अन्य दलों में जो दलित राजनीति में हैं, सत्ता में हैं, उनमें से अधिकांश नहीं होते।

इस सुझाव में ऐसे दलितों को चुनने की बात थी कि जिनका नियंत्रण सिर्फ दलित समाज में हो। आज आरक्षण में जो चुने जाते हैं वे समाज का काम नहीं करते।

मैं ऐसा मानता हूँ कि हिंदुत्व की राजनीति गाँधीजी ने ही शुरू की थी। उनकी राजनीति का छोटा-सा आशय इतना ही था कि दलित-मुस्लिम इकट्ठे होकर सत्ता में हिंदुओं की जगहें घटा न दें। बिगड़े हुए काम को और बिगाड़ा अंबेडकर की माँगों के समक्ष उनके उपवास ने, जिसके बारे में उन्होंने कहा था कि उन्होंने यह भगवान की इच्छा से किया है।

गाँधीजी को अनेक कारणों से ऐसा करना जरूरी हो गया था पर दलित समाज बलि का बकरा क्यों बने?

सवाल यह है कि गाँधीजी ने और बहुत कुछ किया, जो अन्य दलित सहित अन्य राजनेताओं ने भी नहीं किया। उन्होंने खुद मैला ढोने की बात कही। भारी विरोध की परवाह किए बगैर दलित परिवार को आश्रम में रखा। अस्पृश्यता का भारी विरोध किया।

मेरे लिए सवाल यह है कि क्या गाँधीजी को गालियाँ देने से मेरी समानता की लड़ाई आगे बढ़ेगी? जब आज मेरे आगे अस्पृश्यता, भेदभाव, अत्याचार, शोषण, अन्याय जारी है, तो जिस जुनून से मैं गाँधी को गाली देता हूँ, उस जुनून से इनके सामने लड़ना क्यों नहीं चाहता? क्या गाँधी को गाली देने में ही मैं अपने संघर्ष की इतिश्री समझता हूँ? और इससे भी आगे बढ़कर क्या मैं आज भी अलग मताधिकार के विचार को आगे बढ़ाना चाहता हूँ?

दलित : अल्पसंख्यक होने की भावना

भारत में अनुसूचित जाति की आबादी 16 प्रतिशत है। इनमें धर्मांतर करने वाले सामान्य दलित की तरह ही भेदभाव और असमानता झेलने वालों की गणना करें तो यह संख्या 20 प्रतिशत होती है। 20 प्रतिशत अर्थात् 20 करोड़ लोग। सारे दलितों को इकट्ठा करके अलग राज्य बने तो इतने लोग हैं कि चार गुजरात बन जाएँ। फिर भी हम जैसे कहते हैं कि हम अल्पसंख्यक हैं?

भारत में मुस्लिम 11 प्रतिशत हैं। ब्राह्मण साढ़े पाँच प्रतिशत हैं। ईसाई सवा दो प्रतिशत से भी कम हैं। आदिवासी साढ़े सात प्रतिशत हैं। जैन आधा प्रतिशत से भी कम हैं। राजपूत चार प्रतिशत से भी कम हैं, बनिए पौने दो प्रतिशत हैं। फिर भी हम अपने आपको अल्पसंख्यक क्यों मानते हैं?

अल्पसंख्यक की भावना हम में जो है, उससे भी हमें अपनी नजर में छोटा दिखाती है। इससे हमारी शक्ति का अंदाज कम हो जाता है। जैसा हमने पीछे देखा है, हमारा बुनियादी प्रश्न अपनी शक्ति को कम आँकने का है।

सवाल यह है कि क्या हम मानते हैं कि हमारी जनसंख्या 20 प्रतिशत अर्थात् देश के पाँचवें भाग के बराबर है। क्या हम अपने 20 प्रतिशत को एक समूह के रूप में देखते हैं?

मूल प्रश्न यह है कि हम अपने मन में दलित गैर-दलित के दो स्पष्ट और परस्पर विरुद्ध भाग करते हैं। अतः हमें अपनी जनसंख्या 16 प्रतिशत और हमारे विरोधी की संख्या हमें 84 प्रतिशत दिखती है। वर्ण-व्यवस्था की यह 3000 वर्ष पुरानी करामात है कि समाज में 'दलित' नामक अलग संगठन खड़ा कर देना, ताकि हमें अपनी जीत संभव ही न लगे।

'नवसर्जन' में हमने नियम बनाया है कि जो दलित के घर का पानी पीए, उसका काम करना। शुरुआत में यह मुश्किल था। आज 'नवसर्जन' के कार्यक्रम में भरवाड़, कोली, वाघरी, आदिवासी सभी आते हैं। दलित आंदोलन के संघर्ष हेतु जरूरी है कि हम दलित-गैर दलित के दो सुस्पष्ट और परस्पर विरोधी भाग खड़े न करें, वरन् अन्याय करने वाले और अन्याय सहने वाले ऐसे हिसाब करें। अन्याय सहन करने वालों का हमेशा बहुमत ही होता है।

दलित और राजनीति : 'बाड़ी रे भाई बाड़ी'

गाँव के पंडे को दला तिवाड़ी की बाड़ी के बैंगन बहुत अच्छे लगते थे। पर पैसे खर्च किए बिना बैंगन कैसे खाए? इसलिए पंडे ने उपाय सोचा। जब कोई न हो, तब खेत में जाए और बाड़ी से पूछे—

'बाड़ी रे बाड़ी।' तब खुद ही बोले।
'क्या कहते हो पंडित, बोलो।' तब कहे
'बैंगन ले लूँ दो-चार।' फिर से बोले
'अरे! लो न दस-बारह।'

राजनीति अर्थात् सत्ता के बँटवारे का खेल। जो लोग सत्ता में हैं उनका गणित स्पष्ट है, अपनी सत्ता बनाए रखना। दलित के लिए राजनीति की गिनती अपनी व समाज की सत्ता बढ़ाने के सिवा क्या कुछ और हो सकता है?

अन्य समाज की राजनीति अपनी सत्ता कायम रखने और बढ़ाने की है, जबकि दलित रणनीति का ध्येय राजनीतिक सत्ता द्वारा अपने समाज के अधिकार हथियाने वाली असमान, भेदभाव भरे शोषण के रस्मों-रिवाजों को समाप्त करना है। दूसरों की राजनीति व्यक्तिगत हो सकती है, मात्र अपने स्वार्थ तक सीमित हो सकती है जबकि दलित राजनीति सामूहिक स्वरूप की और सामूहिक हित के लिए ही हो सकती है।

आरक्षण की राजनीति की वजह में दो-तीन बुनियादी दुश्मन छिपे हुए हैं। उम्मीदवार की हार-जीत का सवाल दल पर निर्धारित होने से दल ही उम्मीदवार का चयन करता है। यह चुनाव यह देखकर नहीं होता कि संबंधित उम्मीदवार ने अपने समाज के लिए कितना काम किया। एक गाँव में पूर्व सरपंच प्रशासन चलाता है और सफाई कर्मचारी को सरपंच बनाया गया है, जो सिर्फ पंचायत की सफाई करता है। अंदाजा यह है कि जिस प्रकार का व्यक्ति समाज का प्रतिनिधित्व करता है, वैसी उस व्यक्ति के आधार पर बनी छाप समाज के लिए दूसरों के मन में घर कर जाती है।

दलित आंदोलन के मुद्दे के आधार पर राजनीतिक दलों को उम्मीदवार के चुनाव के लिए कहना वैसा ही है जैसा खेत को खाने वाली बाड़ के भरोसे खेत को छोड़ना।

राजनीतिक दलों और दलित राजनीति के बीच का संबंध काफी हद तक वला तिपाड़ी की बाड़ी जैसा है। अंबेडकर का सपना था कि बाड़ी का प्रशासन दलित करें। आरक्षण की व्यवस्था में बाड़ी का प्रशासन पंडा करता है।

दलित आंदोलन के रूप में हम क्या कर सकते हैं? दलित राजनीति की सबसे अच्छी शुरुआत ग्राम पंचायत से हो सकती है। दलितों के सामाजिक संगठन द्वारा दलित आंदोलन के उद्देश्यों को ध्यान में रखते हुए पंचायत सदस्य या पदाधिकारी का चयन कर नई परंपरा शुरू की जा सकती है।

स्पष्ट समझ में आने वाली बात है कि संसद में 79 दलित संसद सदस्य

होते हुए प्रत्येक राज्य में 25 से 30 हजार नौकरियों में आरक्षण के रिक्त स्थान नहीं भरे जाते, यह कितनी निराशा है। और दलित आंदोलन के समक्ष आरक्षण में प्रतिनिधित्व का खोखलापन प्रस्तुत हो रहा है।

दलित और हिंदुत्व

गुजरात के 2002 के सांप्रदायिक दंगों के संदर्भ में सारी दुनिया में दलितों द्वारा सांप्रदायिक दंगों में मुस्लिमों के विरुद्ध भाग लेने की बात चर्चा में है। अभी छः बारह माह पहले ही डरबन में दलितों के प्रति भेदभाव और असमानता का मुद्दा हम दुनिया के समक्ष ले गए थे। दलितों ने हिंदुओं के प्रभाव तले भाग लिया है, ऐसी बात खूब प्रचारित करने के पीछे का अनुमान यह साबित करना था कि दलितों के प्रति देश में भेदभाव है ही नहीं।

हिंदुत्व के मुद्दे में वस्तुतः आरपार की लड़ाई दलितों और मुस्लिमों के मुद्दे की नहीं, वरन् वर्ण-व्यवस्था पर आधारित चलने वाले हिंदू संगठनों और अंबेडकर की विचारधारा के बीच है। अंबेडकर कहते थे कि दलित हिंदू नहीं, जबकि हिंदू संगठन के मतानुसार दलित हिंदू हैं।

आर.एस.एस. ने अपने संगठन में कई जगहों पर दलितों को रखा है। हाल के चुनाव में 13 में से 9 दलित सीटें भाजपा के पक्ष में गईं। इन चुनावों ने इतना सिद्ध कर दिखाया कि दलित आदिवासी के मतों के बिना उनकी जीत संभव नहीं है।

हिंदुत्व की विचारधारा दलित आंदोलन को मज़बूत करेगी या समाप्त करेगी इस बात को अलग रखकर हम यह समझने की कोशिश करें कि किस प्रकार की बातें आज की दलित युवा पीढ़ी को आकर्षित करती हैं।

गाँव में किसलिए हम रामपात्र में ऊपर से डाली हुई चाय पीते हैं? क्योंकि इस ऊपर से डाली जाने वाली चाय में मुझे मेरी स्वीकृति और सुरक्षा नजर आती है। यही बात हिंदुत्व के संबंध में है। हिंदुओं में मुझे बहुमत दिखता है अतः सुरक्षा भी दिखती है।

अतः मूल सवाल मेरी मंजूरी और सुरक्षा का है। सवाल यह है कि मुझे राजनीति की व्यवस्था में सुरक्षा मिलती नजर आती है या फिर दलित आंदोलन द्वारा खड़े किए गए सामाजिक आंदोलन में?

दलित मत कांग्रेस व भाजपा दोनों के लिए महत्त्वपूर्ण हैं और मत से कोई अछूत नहीं होता। पिछले 35-40 वर्षों से दलितों के मत एक साथ कांग्रेस को मिलते थे। उसने न तो भूमि सुधार का मुद्दा हाथ में लिया, न न्यूनतम वेतन का। चुनावी घोषणा-पत्र में मुद्दे रख देने से समस्या सुलझ नहीं जाती। आज़ादी के 54

वर्षों के बाद भी परिस्थिति आमूलचूल न बदले, यह भी दलित युवकों और समाज की चिंता का विषय है।

अंबेडकर की तुलना में दलित गाँधीजी के आश्रय में ज्यादा रहे थे। इसका कारण यह है कि गाँधी और कांग्रेस में दलितों को बहुमत और सुरक्षा दिखाई देती थी। हमारा सवाल मात्र दलित आंदोलन के संदर्भ में इन प्रश्नों को समझने का है।

- क्या विगत 54 वर्षों के दौरान बहुमत में विश्वास रखने की अपनी दलित समाज के रूप में राजनीतिक गणना सफल एवं प्रभावी रही है?
- क्या हम आरक्षण की व्यवस्था में अपने हितों की चिंता दूसरे के हाथ में नहीं छोड़ देते?
- क्या हमने अपने मत के साथ दलित आंदोलन के सामाजिक, आर्थिक तथा राजनीतिक मुद्दों को जोड़ा है?
- जहाँ तक वर्ण-व्यवस्था का सवाल है, कांग्रेस और भाजपा में उनके चेहरों-मोहरों के सिवाय और क्या अंतर है?
- आरक्षण की सीटें निश्चित ही हैं और हर दस वर्ष बाद इनकी अवधि बढ़ती है, तब क्या हमें लगता नहीं कि राजनीति के क्षेत्र में प्रभावशाली सत्ता हासिल करने के संघर्ष की जरूरत हमारे दिमाग में गैर-जरूरी हो गई है?
- राजनीतिक आरक्षण का हमारा सामाजिक संघर्ष आगे नहीं बढ़ा, तब इस प्रतिनिधित्व को प्रभावी बनाने के उद्देश्य से पाँच या दस वर्ष की अवधि हेतु आरक्षण का क्रियान्वयन स्थगित करने जैसा राजनीतिक कार्यक्रम क्या महत्त्वपूर्ण लगता है?

अधिकार और आरक्षण

आरक्षण की व्यवस्था द्वारा प्राप्य लाभ ही क्या मेरे अधिकारों की सीमा है या आरक्षण अधिकार की चादर का कोई नन्हा-सा टुकड़ा है?

दलित समाज के रूप में हम हथेली में चाँद जैसे आरक्षण के पीछे कितनी शक्ति व समय खर्च करते हैं और कितना समय व शक्ति अधिकारों को समझने तथा संगठन के रूप में उन्हें प्राप्त करने पर खर्च करते हैं?

राजनीतिक क्षेत्र के आरक्षण की बात हमने देखी है। नौकरी के क्षेत्र में आरक्षण कभी का बंद हो गया, यह भी देखा है। शिक्षण में तो सामान्य विद्यार्थी की बजाय दलित विद्यार्थी के अंकों का प्रतिशत ऊपर रहता है, ऐसी परिस्थिति कई बार देखने

में आती है। इस परिस्थिति में दलित समाज की बेकारी, गरीबी, बेहाली का प्रश्न किस हथियार द्वारा हम उठाना चाहते हैं?

समानता के अधिकार में समान अवसर की बात समाई हुई है। कोई भी समाज दो तरह से अपनी आर्थिक प्रगति करता है। सरकारी अवसरों में भाग लेकर तथा निजी क्षेत्र में अपने अवसर निर्मित करके, क्या हम आरक्षण से आगे बढ़ते हैं?

तीसरा मोर्चा कानून के शासन का है। गुजरात में हर वर्ष न्यूनतम वेतन कानून का पालन नहीं करके दलित खेत-मजदूरों को लगभग 45 करोड़ रुपए कम चुकाए जाते हैं। हदबंदी और पट्टे में मिलने वाली हजारों एकड़ जमीन हमें नहीं मिली, क्योंकि हमने आवाज नहीं उठाई।

दलित आंदोलन के कार्यक्रम के रूप में क्या हम आरक्षण से बाहर आर्थिक अधिकार का सवाल उठाने को तैयार हैं?

34

दलित आंदोलन और उसका कार्यक्रम : आमूल परिवर्तन

यदि यह दुनिया का और भारत का इतिहास हो तो दलित आंदोलन को कौन-सा रास्ता पकड़ना चाहिए? इतिहास से सबक सीखे बिना इतिहास को बदला नहीं जा सकता।

दलित आंदोलन की सफलता और प्रभावोत्पादकता निम्न बातों में है :

1. **मेरी पहचान :**

1. मैं दलित किसलिए हूँ?

– क्या इसलिए कि मैं एक निचली समझी जाने वाली जाति में जन्मा हूँ? ...नहीं

– क्या इसलिए कि मुझे दूसरे लोग अस्पृश्य मानते हैं? ...नहीं

– क्या इसलिए कि मैं किसी को अपने से नीचा मानता हूँ? ...नहीं

– क्या इसलिए कि मैं किसी को अपने से ऊँचा मानता हूँ? ...नहीं

– क्या इसलिए कि मैं पुरुष के नाते स्त्री को अपने से निम्न मानता हूँ? ...नहीं

– क्या इसलिए कि मैं स्त्री के नाते पुरुष को अपने से बढ़कर मानती हूँ? ...नहीं

– क्या इसलिए कि मैं स्वयं को 'मनुष्य' मानता हूँ? ...हाँ

– क्या इसलिए कि मैं स्त्री-पुरुष को समान मानता हूँ? ...हाँ

– क्या इसलिए कि मैं सभी लोगों को समान मानता हूँ? ...हाँ

– क्या इसलिए कि मैं भेदभाव और असमानता के विरुद्ध लड़ता हूँ? ...हाँ

– क्या इसलिए कि मैं भेदभाव और असमानता का बरताव नहीं करता? ...हाँ

2. मैं स्वयं को 'दलित' कहलाने की बजाय 'मनुष्य' कहूँ तो चलेगा? ...नहीं क्यों?

– मनुष्य अर्थात् पूर्ण स्वतंत्रता/संपूर्ण सुख/संपूर्ण न्याय/क्या मैं स्वतंत्र हूं? क्या मैं गाँव में जहाँ चाहूँ वहाँ घर बनाकर रह सकता हूँ? क्या मैं सभी कुओं से पानी भर सकता हूँ? क्या मैं बेरोकटोक धर्म स्थानों में पूजा कर सकता हूँ? क्या मुझे गाँव के सभी लोगों से मिलने-भेंटने की इच्छा होती है? क्या मैं अपने घर में स्त्री-पुरुष कोई खास काम ही करें और न करें, ऐसा काम का विभाजन समाप्त कर सका हूँ? ...नहीं

– दलित वे हैं जिनका संघर्ष आजादी, समानता, न्याय हेतु जारी है। क्या मैं आजादी, समानता, न्याय हेतु बराबर संघर्ष करता हूँ?
हाँ : तो मैं दलित हूँ।
नहीं : तो मैं दलित नहीं।

3. क्या मैं किसी भी दशा में जातीय आधार वाले भेदभाव, असमानता, अन्याय के साथ समझौता करना चाहता हूँ?
हाँ : तो मैं दलित नहीं।
नहीं : तो मैं दलित हूँ।

2. क्या मैं दलित समाज का सदस्य हूँ?

– मुझे अस्पृश्यता, भेदभाव एवं अन्याय का अनुभव नहीं है। मैंने अपने जीवन में इन सबको संघर्ष करके समाप्त कर डाला है। क्या मैं अब शांति से रह सकता हूँ? क्या मेरा काम पूरा हुआ?
नहीं
कैसे?
भेदभाव, असमानता, अन्याय और अस्पृश्यता एक स्थापित सामाजिक व्यवस्था में से उत्पन्न होती हैं। अतः इन सबके विरुद्ध संघर्ष अकेले मेरा नहीं, बल्कि पूरे समाज का है। पूरा समाज जब समान बने, न्याय प्राप्त करे, भेदभाव को कुचल डाले, तभी मेरा कार्य पूरा हुआ कहा जाएगा। सच? ...हाँ

3. मेरी मान्यताएँ :

– क्या वर्ण-व्यवस्था कुदरत ने या भगवान ने बनाई है? ...ना
– क्या कुछ लोगों ने अपनी सत्ता कायम रखने के लिए वर्ण-व्यवस्था का प्रपंच खड़ा किया है? ...हाँ
– क्या मेरा भविष्य विधाता तय करेगा? ...ना

– क्या मेरा भविष्य बनाने के लिए कुदरत ने मुझे शक्ति प्रदान की है? ...हाँ
– मैं जन्मा तब से क्या मुझे कुदरत ने आजादी दी है? ...हाँ
– मैं वर्ण-व्यवस्था को न मानूँ तो क्या किसी में भी मुझे जबरन मनाने की ताकत है? ...ना
– जब तक मैं स्वयं भेदभाव, असमानता, अस्पृश्यता को मानूँगा क्या तब तक इसका अंत नहीं होगा? ...हाँ
– क्या भेदभाव, असमानता, अन्याय के विरुद्ध लड़ने की शुरुआत स्वयं से करनी जरूरी है? ...हाँ
– जो खुद को दूसरे से 'ऊँचा', 'उच्च वर्ण' मानता है, वह गुलाम है, मनुष्य नहीं? ...हाँ
– जो खुद को दूसरे से 'नीचा', 'निम्न वर्ण' मानता है, वह गुलाम है, मनुष्य नहीं? ...हाँ
– जो कुदरती सत्य है वह टिकता है और ज़िंदगी में सुख, शांति देता है? ...हाँ
– जो बनावटी है, जबरन ठूँसा गया है वह प्रपंच है वह मैं स्वीकार करना न चाहूँ तो ज्यादा नहीं टिकता? ...हाँ
– स्वयं मेरे बिना कोई मुझे मेरी मुक्ति नहीं दिला सकता? ...हाँ
– मैं पिछड़ा हूँ? ...ना
– जो असमानता, भेदभाव, अस्पृश्यता को मानता है वह पिछड़ा है? ...हाँ

4. **मेरी जिंदगी का ध्येय :**

– गुलामी, शोषण, भेदभाव, अस्पृश्यता और असमानता से मुक्ति।
– मनुष्य बनना और अन्य सभी को मनुष्य बनने में मदद देना।
– अपना स्वाभिमान बनाए रखना।
– 'दलित' समाज के आर्थिक, सामाजिक तथा राजनीतिक अधिकार प्राप्त करना एवं सुरक्षित रखना।

5. **मेरा धर्म और मेरा भगवान :**

वह है जो मुझे गुलामी में से स्वतंत्रता प्राप्ति हेतु, शोषण के विरुद्ध लड़ने हेतु, असमानता, अस्पृश्यता और भेदभाव को समाप्त करने हेतु संदेश दे, रास्ता बताए और मेरी इस लड़ाई को बिना शर्त समर्थन दे तथा यह सिखाए कि गुलामी, शोषण, असमानता, अस्पृश्यता तथा भेदभाव कुदरत की नहीं वरन् मनुष्य की बनाई हुई है।

6. **समानता, आज़ादी, न्याय हेतु संघर्ष का कार्यक्रम :**

1. रामपात्र का त्याग : न उसमें चाय पीनी न पिलानी।
2. भीमपात्र अपनाना : समानता को मानने वाले सभी उसमें खाना खाएँ।
3. प्रत्येक स्त्री को मान से बुलाना।
4. प्रत्येक बालक को बराबरी का प्रेम।
5. कोई मुझे कहे कि 'मैं तुमसे ऊँचा', तो हँस देना।
6. हिंसा से अपना बचाव।
7. 18 वर्ष तक बालक को पढ़ाना, बाल मजदूरी बंद।
8. घर का काम सब मिलकर करें।
9. खाना जितना हो और जो भी हो, सब को बराबर।
10. गुलामी पैदा करने वाले सारे धंधे बंद।
11. काम हल्का नहीं, पर स्वाभिमान बना रहे ऐसे काम के साधन।
12. असमानता, अस्पृश्यता, भेदभाव, शोषण और अन्याय को प्रश्रय देने जैसी कोई धार्मिक बात न देखनी, न सुननी, न बोलनी।
13. सरकारी कार्यक्रम के अंतर्गत मिलने वाली हदबंदी, बटाई व पट्टे की ज़मीन का कब्जा लेना। खुद खेती करना।
14. दुःख दर्द, हताशा का उपाय सामाजिक संगठन में खोजा जाए, व्यसन में नहीं।
15. न्यूनतम वेतन ही लेने का आग्रह।
16. युवक स्वरोजगार में जुड़े।
17. नाजुक पौधे की तरह संगठन की देखभाल करना।
18. सभी गरीबों को अँधेरे कुएँ की मान्यताओं से बाहर निकालकर दलित संगठन में जोड़ना।
19. हिंसा को दुर्बलता मानना।
20. मेरे संघर्ष में जो भी जुड़ेगा, वह मेरे समाज का होगा।
21. पहली वफादारी मेरे समाज की, बाद में राजनीतिक दल की।
22. स्वच्छता, स्वास्थ्य पर विशेष बल।
23. बुद्धि से ज्यादा भावना पर विश्वास करना।
24. बाल्यावस्था से बालकों को समानता, स्वाभिमान के मूल्यों का शिक्षण।
25. संघर्ष व्यक्ति के विरुद्ध नहीं : उसके विचार, मान्यता, व्यवहार, आचरण और मूल्यों के सामने है।

26. निजी स्तर पर और सार्वजनिक रूप में सभी बैठें, वहाँ और उसी तरह बैठना।
27. दलित निवास स्थान के आसपास की गंदगी, कूड़े के ढेर बंद करना और कराना।
28. शराब की थैली बेचना या थोड़े से रुपयों के बदले में वोट को बेचना बंद।
29. घर चाहे मेरा एक कोने में हो, पर उसे गाँव का श्रेष्ठ घर बनाना।
30. जो स्त्रियों पर हाथ उठाए या उन्हें जला दें, वे दलित नहीं।
31. दुनिया भर के भेदभाव के शिकार लोगों के साथ जुड़ाव।
32. दलित शक्ति की विचारधारा से देश को रंगना।

35

दलित शक्ति : माँ ही सर्वोपरि है, शेष सब गौण हैं

सौ करोड़ लोगों की जनसंख्या वाला विश्व का दूसरे नंबर की विशाल आबादी वाला देश याने भारत। तीन-तीन हजार वर्षों से इसका संचालन जात-पाँत और ऊँच-नीच की व्यवस्था से होता आया था। अंग्रेज आए, मुसलमान आए, डच आए पर इस जात-पाँत को कोई हिला न सका। दुनिया में जितने धर्म हैं, उन सब ने यहाँ पड़ाव डाला, पर ये सभी जात-पाँत और ऊँच-नीच की व्यवस्था में न्यूनाधिक रूप में भ्रष्ट हुए।

क्या किसी ने सपने में भी सोचा था कि इस देश का संविधान दलित के हाथों समानता और स्वतंत्रता की नींव पर निर्मित होगा? क्या किसी के मानने में आने जैसा था कि जिसे पूरा देश और समाज अछूत मानते हुए गाँव से बाहर रखना चाहता था, उस व्यवस्था को ही इस दलित के द्वारा निर्मित संविधान गाँव से बाहर निकाल देगा?

ऐसा कैसे हुआ? वर्षों और पीढ़ियों से उमड़ा हुआ तूफ़ान थम कैसे गया? क्या चमत्कार हुआ? क्या देवी-देवता या भगवान ने तीसरा नेत्र खोला? नहीं, यह हुआ दलित-शक्ति के प्रताप से!

वर्ण-व्यवस्था सबसे पुरानी, अनुभवी और बहुसंख्यक की गोद में बिठाने वाली व्यवस्था के कंगूरे ढहने लगे। इसका कारण यह था कि उसकी नींव असत्य, अन्याय और असमानता की जमीन पर खोदी गई थी। जो झूठा है वह झूठा ही रहेगा जैसे कौवे के चूना पोत देने से वह हंस नहीं बन जाता।

इस व्यवस्था ने कुदरत का अपमान किया है। कुदरत के द्वारा बनाए गए मनुष्य को पशु बनाने की कोशिश की है। जिस माँ ने जन्म दिया उसी को अपने से हल्की और निम्न समझना सिखाया है। अपनी माँ-बहन-बेटी को जब कुदरत

रजस्वला बनाती है तब उसे घर से बाहर निकालकर, टाट पर सोना सिखाया है। जो अपनी माँ को अपने से हलकी होना सिखाए क्या उसे संस्कृति, गौरव और सवर्ण कहें? इसने मनुष्य के लिए भगवान की पूजा के द्वार बंद किए। इस व्यवस्था को विदेशियों की 350 वर्षों की गुलामी मंजूर थी पर अपने पड़ोसियों की दोस्ती मंजूर न थी।

इसलिए यह वर्ण-व्यवस्था दलित-शक्ति के तेज के आगे धुँधली पड़ गई। क्योंकि दलित-शक्ति की नींव में कुदरती सत्य, समानता और सबकी आजादी का मूल्य है। वर्ण-व्यवस्था से सड़े हुए इस देश को मनुष्यता के रास्ते पर दलित-शक्ति ने चलाया। दलित-शक्ति याने समानता, आजादी और मानवता। समानता की बात इस देश के खून में न उतरी होती, व आजादी की बात हमारे गले न उतरी होती तो भारत अभी भी गुलाम होता।

अंबेडकर याने दलित शक्ति की संतान। वे चुनाव जीतकर संविधान सभा में न जा पाएँ, ऐसे तमाम कार्यकलाप और प्रपंच कांग्रेस व हिंदू महासभा ने किए और उसमें सफल भी हुए। मुस्लिम लीग के सहारे वे संविधान सभा में चुने गए। उन्होंने अपनी संपूर्ण शक्ति भारत का संविधान बनाने में लगा दी। इस देश में जन्मे सभी व्यक्तियों को जन्म से वर्ण-व्यवस्था द्वारा दिया गया असमानता और ऊँच-नीच का दर्जा नहीं, वरन् समानता, कानून का समान संरक्षण, समान अवसरों का अधिकार, वाणी की स्वतंत्रता, देश में चाहे जहाँ घूमने-फिरने, बसने की छूट, मनचाहा धंधा करने की, मनचाहा धर्म पालने का मूलभूत अधिकार उन्होंने संविधान में रखा, तब लोकसभा का एक भी सदस्य उसका विरोध नहीं कर सका।

यह ताकत, यह तेज सिर्फ दलित शक्ति ही दे सकती है। दलित कोई जाति नहीं कि जिसमें जन्म लेने से अपने आप दलित हो जाए। दलित वही कहलाता है जो इस देश में और दुनिया में मनुष्य-मनुष्य समान रहें, सब को समान अधिकार मिलें, इसके लिए जो अन्याय, शोषण व भेदभाव के विरुद्ध लगातार संघर्ष करे।

गैर दलित बनना आसान है क्योंकि इसमें किसी का गुलाम बनने के सिवाय कुछ और नहीं करना होता। दलित बनना सबसे मुश्किल है क्योंकि उसे अपनी व दूसरों की समानता व अधिकारों के संरक्षण हेतु सतत संघर्ष करना है। दलित बनने के लिए मर्दानगी चाहिए, बहादुरी चाहिए और हिम्मत चाहिए।

स्वतंत्र भारत में अंबेडकर ने दलित शक्ति की नींव मजबूत की। अब इस दलित शक्ति का स्मृति स्तंभ बनाकर उसकी पूजा करने से दलित शक्ति आगे

नहीं बढ़ेगी। दलित शक्ति की हवा को तूफान में बदलना हो तो रात-दिन काम में लगे रहना पड़ता है। जिसे अपने हाथ-पैर बाँधकर, घुटनों में सिर डालकर पड़े रहना है, उनका यह काम नहीं। दलित शक्ति को मजबूत करने का काम सिर्फ स्वाभिमानी और आजादी के लिए बेचैन रहने वाले लोगों का है।

बुद्ध का जन्म वर्ण-व्यवस्था में हुआ था। वे क्षत्रिय थे। महावीर क्षत्रिय थे। ज्योतिबा फुले माली थे। इन सबको जात-पाँत के और स्त्री-पुरुष के भेदभाव के बिना सब पूजते हैं क्योंकि उन्होंने कहीं-न-कहीं समानता और न्याय की बात कही थी। इस्लाम, ईसाई, पारसी, यहूदी आदि धर्म भारत के बाहर से आए, उन्हें भी सारे लोग मानते हैं क्योंकि इन धर्मों में या धर्म शुरू करने वाले महापुरुष की बात में लोगों को विश्वास जमता है।

जब तक दुनिया में भेदभाव और असमानता धर्म के नाम पर जारी रहेंगे तब तक भेदभाव के शिकार लोग समानता की तलाश में धर्मांतर करेंगे ही। आज देश में कितने नए देवी-देवता पैदा हो चुके हैं जो सौ वर्ष पहले नहीं थे, क्यों? किसलिए? इसलिए कि मनुष्य मात्र को अपने हित की सुरक्षा की जरूरत है।

कोई किसी को फुसला, पटा, धमका कर एक या दूसरे धर्म को मानने या मानने से रोकने की कमजोर राजनीति कभी लंबी नहीं चलती। प्रत्येक राजनीतिक दल चुनावों से कुछ दिन पहले गरीबों में पैसे बाँट कर, शराब पिला कर, नमकीन-पकौड़े खिला कर वोट हासिल करता है, तो उसे मतदाता जिस प्रकार उन्हें अमरता का पट्टा नहीं दे देते, उसी प्रकार कमजोर धर्मांतर या इच्छा के विपरीत धर्म श्रद्धा ज्यादा नहीं टिकती।

दलित शक्ति इस या उस भगवान में नहीं, वरन् सत्य, समानता और स्वतंत्रता में धर्म को देखती है। यदि मैं महिला को इंसान न मानूँ, सभी मनुष्यों को समान न मानूँ, सबके अधिकारों को मान न दूँ तो फिर तिलक, जाप, साष्टांग व घुटने के बल बैठकर प्रार्थना करने से मैं धार्मिक नहीं बन जाता।

अतः दलित शक्ति एक जाति या एक धर्म मानने वाले लोगों की पहचान नहीं बन सकती।

हमारे यहाँ कानून है, पर उसका क्रियान्वयन नहीं है। शिक्षा है पर जागरूकता नहीं है। प्रशासन में राजनीति में हमारा स्थान है पर प्रतिनिधियों के हृदय में सामाजिक न्याय की भूख नहीं है। हमने ढेरों मंडल व संगठन बनाए हैं, पर उनकी बुनियादें बहुत जल्दी ढीली पड़ जाती हैं। इन सबको सक्रिय करना हो तो वह मात्र दलित शक्ति के आधार पर ही हो सकता है।

दलित आंदोलन की नींव दलित शक्ति है। दलित आंदोलन दलित अधिकारों संबंधी सामाजिक आंदोलन से अधिक मजबूत होगा, इसमें दो राय नहीं। राजनीति में दलित प्रतिनिधित्व महत्त्व का विषय जरूर है, पर इस राजनीतिक प्रतिनिधित्व से सामाजिक आंदोलन मजबूत न हो, तो इसका खास अर्थ नहीं है।

दलित शक्ति का स्थान कोई नहीं ले सकता। दलित आंदोलन में दलित शक्ति का स्थान वैसा ही है जैसा हमारे जीवन में माँ का स्थान है। माँ ही सर्वोपरि है, शेष सब गौण हैं।

आओ दलित शक्ति के बल पर 3000 वर्ष पुरानी इस भेदभाव की प्रथा को हम हमेशा के लिए पाताल में धकेल दें।

– क्या मैं स्वयं को आजीवन दलित आंदोलन को मजबूत करने हेतु समर्पित कर देने को तैयार हूँ? ...हाँ/ना

दलित का संघर्ष

क्या मैं अपने गाँव में :

— बेरोकटोक सभी जगह घूम-फिर सकता हूँ?

— जहाँ इच्छा हो वहाँ घर बना कर रह सकता हूँ?

— सभी कुओं से पानी भर सकता हूँ?

— धर्म स्थलों में बेरोकटोक पूजा कर सकता हूँ?

— अपनी पसंद के काम-धंधे कर सकता हूँ?

— स्त्री के रूप में पुरुषों जितने अधिकारों को भोग सकती हूँ?

इनमें अधिकांश का हमारा जवाब 'ना' में होगा। क्योंकि समानता हासिल करने का मेरा और हमारा संघर्ष जारी है। आजादी, समानता और न्याय के लिए जिसका संघर्ष जारी रहे, वही दलित है।

दलित शक्ति
2, रुचित अपार्टमेंट, धरणीधर देरासर के पीछे
सूरज पार्टी प्लोट के सामने
वासणा, अहमदाबाद 380007

◆◆◆